Vida de Martín Pijo

Miguel Baquero

Vida de Martín Pijo

y de sus fortunas y adversidades

ACVF EDITORIAL
MADRID

Diseño de la colección:
La Vieja Factoría
Ilustración de cubierta: Luis F. Sanz

Segunda edición, revisada por el autor y ampliada
Lectura de prepublicación:
  Lola Coya, José Ramírez

Primera edición: VOSA, 1999
Primera edición en ACVF Editorial: diciembre 2007

ISBN: 978-84-935265-7-3
Depósito Legal: M-

Impresión bajo demanda

A los que confían y esperan
Ocho años después

Tratado primero

Con el que empieza y cuenta cuál es su patria y la esmerada educación que recibió.

Estimado caballero: me cuentan de su interés por conocer los hechos de mi vida; en especial, los extraños accidentes que me han venido a precipitar desde el dulce limbo en que usted me conoció hasta el putrefacto barrizal en que me encontró hace poco. Me informan de que, en su empeño por averiguar mi historia, anda usted a la búsqueda de toda aquella persona que alguna vez tuviera trato conmigo, siquiera roce, y que una vez los tiene en su jurisdicción se dedica a freírlos a preguntas, cocerlos a cuestiones y estofarlos a pesquisas. Los conocidos, en fin, me protestan de lo mucho que les importuna.

Como presiento que, por este camino, tarde o temprano se habrá de topar usted con ciertos sujetos a los que, por sus inclinaciones naturales, no les gusta mucho verse interrogados, y son asimismo poco dados a colaborar en averiguaciones, me dedico ahora a relatarle, de propia y primerísima mano, mis andanzas. O, por mejor decir, mis mudanzas. Confío en que, de esta crónica satisfecho, se calmará su perra y no se meterá en berenjenales; pero, si así no fuera, al menos con estas líneas queda usted advertido.

Ya sabrá Su Señoría disculpar, antes que nada, lo tosco del estilo y tantos grumos como encontrará en la pasta del relato; pero es que, así como todo en mi existencia se ha denigrado, también lo han hecho mi léxico, mi ortografía y, en general, mi redacción. De seguro que le pesa el advertir cuán a lo bruto y a mogollón avanzo, cómo salgo trompiconado de las oraciones, me resbalo en las comas y acabo dándome de bruces contra los puntos. ¡Yo, que era el rey del adjetivo, el emperador de verbo, el sultán de la sinécdoque, que ya no me acuerdo de lo que es! ¡Yo, que, tocante a artista, no tenía rival alguno en el colegio! Así, al menos, no cesaban de repetirlo los curas en cuyas aulas me eduqué: «¡Qué bien recita Martinito!», proclamaban, por ejemplo; «¡qué bien canta!», «cómo baila», «¿y sus dibujos?, ¿cabe mayor sensibilidad?» Y a las visitas que me contemplaban en acción y luego se volvían extrañados, les explicaban: «Es el hijo del gobernador».

–Ya entiendo.

Por eso causa tanta más lástima ver cómo ahora sudo y me fatigo y hasta me dan calambres en los brazos cuando de construir un párrafo se trata, y cómo todo este titánico esfuerzo no me sirve más que para levantar, a la manera de un albañil de «tente mientras cobro», un temblequeante edificio de frases mal cimentadas. Porque ésa es otra: si al menos se plantificara mi escrito en tierra firme, valiosa, fecunda, y me guiara un noble propósito, todo tendría un pasar; pero mucho me temo, y ya se lo adelanto, que las ideas que aquí van a predominar las denominan «rastreras» los de su clase.

¿Adónde habrá ido a parar la educación tan esmerada que mis padres me dieron?; ¿adónde los ideales tan altos que usted y otros, no lo niegue, me trataron de inculcar?

Fe, esperanza, caridad, las virtudes teologales. El padre superior del colegio no dejaba de insistir en ellas cada comienzo de curso, cuando mi padre y yo acudíamos a inspeccionar la habitación que para aquel año me habían reservado. De todas estas virtudes, la más importante era, sin duda, la caridad. Caridad a la hora de desprenderse de los bienes materiales y surtir de ellos a los más necesitados; caridad en el sentido de sustentar a quienes han abandonado los negocios mundanos y han cifrado su existencia en el plano espiritual; caridad, exhortaba el padre superior, entendida como la ayuda que se presta a quienes realizan una labor fundamental, como, verbigracia, la educación de los jóvenes… Mi progenitor, de cuyo brazo asistía yo arrobado a este sermón, escuchaba todo aquello con una sonrisa extraña, hasta que en determinado momento me decía:

—Martinito, baja a ver el gimnasio, que yo tengo que hablar de una cosa con el padre superior.

Todo en aquellos días y en aquel colegio rezumaba excelencia, exquisitez, buen gusto. Recuerdo, de los días de colegio, los recitales de piano con que, en las grandes ocasiones, obsequiábamos a los visitantes más ilustres. Allí fue cuando, por primera vez, estreché a usted la mano, muy circunspecto yo pese a mi corta edad, y después de que el padre superior nos presentara en toda regla. Recuerdo que usted sacudió, con afectuoso y alegre ademán, mi cabellera rubia, que entonces llevaba cortada a tazón. «¿Quiere que interprete otra pieza?», le pregunté con deseo de corresponder, en la medida de mi arte, a tan cariñoso gesto. Todavía recuerdo el anillo de oro macizo que lucía usted en su dedo índice y el no menos efusivo manoteo con que luego me obsequió.

No voy a extenderme mucho, sin embargo, sobre cómo fue la enseñanza que recibí en aquellos días. *«Docere amare est»*, rezaba en letras de hierro sobre el inmenso portalón de entrada a mi colegio. Entiendo que, en este nuevo siglo, parezca inverosímil un gélido despertar al son de una campana, el estruendo de bancos cada vez que entraba el maestro en clase y los alumnos se levantaban (aunque yo estaba exento de ello), tardes lluviosas aprendiendo declinaciones latinas, noches en vela memorizando reyes godos, los domingos por la mañana, en el huerto, un banco al sol donde leer la vida de san Francisco. No describiré el claustro, ni las aulas, ni los dormitorios, ni los desvanes, ni el patio con varias porterías de fútbol y canastas de baloncesto. Yo era feliz, lo reconozco, en aquel lugar y entre aquellos admirados hermanos que no pretendían otra cosa sino introducirme en los valores esenciales de la honradez, el trabajo, el sacrificio y, en definitiva, la vía para llegar a ser un hombre de provecho.

Lo cierto es que, si contemplase con aquella mirada clara y prístina de mis días infantiles mi actual situación, a buen seguro que secundaría la opinión de usted de que me hallo inmerso en una de las más profundas simas de la depravación humana. Pero, con los ojos cínicos y desaprensivos de que la supervivencia me ha dotado, le digo lo que aquel mangarrán le cascó a la duquesa, coincidiendo que estaban ambos muy gordos: «Cómo se nota, señora, los que vivimos bien». Con esto quiero significar que la verdad última de los hombres, y principio de todas sus rimbombantes creencias, es pasar, a ser posible ileso, al día siguiente. Y lo demás es paparrucha y chichinabo.

Naturalmente que hubiera preferido escarmentar en cabeza ajena, aprender esta valiosa lección por referencias de algún otro, entretanto yo pasaba los días entre el colegio de los reverendos padres y la finca de La Berzosa, extensa propiedad de mi familia donde acudía los puentes, las vacaciones y algún fin de semana. En estos escenarios transcurrió mi infancia y, si todo hubiera salido conforme a lo previsto, también mi edad adulta, mi madurez, mi senectud, sin mayor preocupación que charlar de vez en cuando con el administrador, mirar al cielo por si llovía o dejaba de llover y vigilar que no se descuidaran los guardeses en el surtido de la armería y la bodega. Algo, esto último, a lo que prestaba gran atención mi padre, en especial cuando se acercaba la época de las grandes cacerías.

Convendría aquí aclarar (no para usted, que de sobra conoce el paño, sino para cualquier otro a cuyas manos puede llegar esta historia) que el expresarme yo en estos términos: «la época de las grandes cacerías», no significa que La Berzosa fuera una suerte de granja colonial en las orillas de la sabana africana, ni mi padre una especie de explorador retirado, ni el guardés un zulú. Antes bien, por donde la finca se extendía era por tierras de la provincia, mi padre, como ya dije, era gobernador, y el guardés había nacido en Horcajo del Arroyo, cerca de allí. Del mismo modo, debiera haber empleado con mayor propiedad la voz «montería», pues era La Berzosa un coto mayormente de venados, no obstante alguna que otra perdiz, liebre o gorrino.

Era por perseguir y despanzurrar a la cervuna por lo que, apenas abrirse la veda, allá acudían destacamentos de escopeteros a bordo de unos coches harto lujosos y resplandecientes. Se adelantaba mi padre a recibir a tan pomposa tropa, toda ella ataviada con negras gafas de sol, fúlgidos relojes de oro, flamantes trajes de cacería, lustrosas cananas de cuero; además, claro está, de los rifles, bruñidos y destellantes. Aquélla fue la segunda vez que le vi a usted, al que ya conocía de su visita al colegio. Quizás no lo recuerde, pero creí oportuno entonces adelantarme a darle una bienvenida personal y ofrecerme a interpretarles unas piezas al piano después de la montería, cuando estuvieran degustando, junto al fuego, una copa de buen coñac. No se me ha olvidado el sonido seco con que usted, al oír esto, montó su arma, y acarició la ristra de cartuchos que portaba a la cintura.

Entretanto así conversábamos usted y yo, mi padre se dedicaba a mostrar la finca a los que habían acudido por primera vez y a encarecerles la excelencia cinegética del lugar y el amplio campo de que disponían para el estropicio. Luego, después de un pequeño refrigerio, se distribuían todos por los puestos. Y según se estaban distribuyendo, alzaba yo la cabeza e, indefectiblemente, advertía, tras la ventana de uno de los pisos superiores, una figura que observaba con gesto serio, hierático, severo, tamaño despliegue de trabucaires.

No sé si usted llegó a conocer a mi abuelo; entre otras cosas, porque no gustaba él de mostrarse cuando en la casa abundaba la concurrencia. Prefería, por el contrario, permanecer retirado en sus habitaciones de arriba, sobre todo en una que jactanciosamente llamaba «mi despacho», aunque en ella nunca hubiera despachado de nada. Más bien utilizaba aquel cuarto como almacén por donde esparcir sus recuerdos. Sus numerosos recuerdos. Conozco que este por el que voy a adentrarme ahora es uno de los capítulos más delicados de mi relato, y que debo andarme con pies de plomo, como si fuera a atravesar arenas movedizas. Entiendo que, caso de escurrirme en este o aquel concepto, se sobresalte Usía y, temiendo se hayan desatado fantasmas pretéritos, arroje estas cuartillas lejos de sí, al tiempo que mira nervioso hacia ambos lados. Abramos, pues, con gran cautela la puerta del despacho de mi abuelo, venerable anciano de blanca cabellera, fuerte complexión, recios andares y mano de hierro (esto último no es metáfora, sino resultado de una vieja acción militar).

Hallaremos por el cuarto, dispersos, los emblemas de su ideario: banderolas militares, enseñas castrenses, divisas marciales, águilas bicéfalas a porrillo, flechas y yugos a tutiplén, rojo y gualda a discreción. Una panoplia con varias espadas. También banderas rojas y negras, un cisne blanco sobre fondo ajedrezado, placas de la División Azul y lemas repartidos aquí y allá sobre el Fascio Redentor…

Cerremos la puerta ya con igual sigilo.

¿He estado bien? ¿He sido lo suficientemente táctico, diplomático y comedido en tan espinoso asunto? Yo le advierto que si ando con tacto es por usted, que a mí poco me importa ya, a estas alturas, que se levanten los espectros del pasado y venga alguno a señalarme con el dedo; menos aún que retorne el eco de voces apagadas para recordarnos quiénes fuimos. Eso allá se las componga usted; yo, en lo que a mí respecta, he dado indulto general de voces y fantasmas y no le doy la menor importancia a que vayan, vuelvan, se queden, triunfen o revienten. A mí, en fin, no me causa empacho alguno confesar que toda aquella simbología que inundaba el cuarto de mi abuelo impresionó mi ánimo primerizo, y, sobre todo, me impresionaron las nociones que, al fondo de esta parafernalia, se vislumbraban. Nociones tan rotundas como honor, valor, sangre, Imperio… Exaltado, además, por los relatos belicistas de mi abuelo, por el fragor de la escopetería en torno, y por los gritos de júbilo de los asistentes a la montería al tumbar una pieza, no es de extrañar que abrazara con desmedida fe el credo de la patria y el orden, y que de ahí en más pretendiera vivir y caer como un héroe. Con lo cual, y con las virtudes teologales de que me empapaban en el colegio, llevaba el morral tan lleno de principios que no cabía uno más.

Yo era feliz, en fin, entre la escuela y La Berzosa, en esa vida tranquila y monótona en la que me dieron los dieciséis años. Y aunque se supone que un joven debe querer comerse el mundo, yo apenas si salía de aquel estrecho círculo mitad de monje mitad de soldado. «Mentira –gritará usted–; yo le vi de adolescente en fiestas, galas y saraos». Y sí, en efecto, tranquilícese, yo también le vi a usted en tales ocasiones, pero permítame que le diga que fue una casualidad, porque, en todo aquel tiempo, apenas si abandoné dos veces mi retirada vida, y en ellas dio la coincidencia de toparme con usted. La primera fue con motivo de un torneo de polo. Mi padre dijo: «Martinito, ya es hora de que salgas al mundo», y me vistió de *sport*, revisó la lazada que me había hecho en los cordones de los náuticos (que había de ser simétrica) y me enseñó luego la forma de caminar, moverme, girar y saludar con un jersey encima de los hombros, de tal manera que ni en el más apurado trance se me cayese. «Recuerda esto, hijo mío: tú, aunque llueva o aunque truene, y mejor si hace mucho frío, siempre con el jersey sobre los hombros». Y allá que fuimos ambos, cada uno con su respectivo jersey a modo de capa, al Club de Polo.

Habían dispuesto una amplia mesa en el centro, cubierta con blanquísimos manteles y adornada con flores, y sobre ella numerosos platos, al estilo *buffet*. «Hola, querido», «encantado, querido», «¿cómo estás, querido?», me iba diciendo la gente, según me presentaba mi padre. Hasta los hombres me decían «querido». Allí todo el mundo se trataba de «querido».

Unos violinistas, con grácil balanceo de sus arcos, animaban la *soirée*.

Tuve la fortuna (buena o mala, ya se verá) de encontrarme en una de ésas con Pascual, un compañero de colegio, hijo de un subsecretario y que, al igual que yo, estaba empezando a ser introducido en los círculos sociales.

–Oh, Pascual –había aprendido que era de buen tono decir «oh» de cuando en cuando al comienzo de una frase–, qué magnífica velada, ¿verdad? El sol, la luz, el olor de la hierba, el cielo tan alto, que parece pintado por un pintor del Cinquecento... Todo es fantástico, ¿no te parece?

–Sí –respondió Pascual.

Dicho lo cual, miró su reloj de pulsera y comenzó un movimiento para separarse, subrepticiamente, del grupo.

–¿Dónde vas? –le pregunté.

–A las caballerizas –me respondió. Pascual era de pocas palabras.

–¿A qué?

Se encogió de hombros:

–He quedado allí –y completó su movimiento de escaqueo.

Intrigado, lo reconozco, picado en la curiosidad por lo que tuviera que hacer mi compañero en las caballerizas, yo también, al poco rato, me escurrí del grupo y me dirigí hacia las cuadras. Al abrir la puerta, a primera vista, no encontré a nadie en el recinto, sólo las cabezas de los caballos que, con expresión eternamente aburrida, asomaban por encima de las puertas. Iba ya a darme la vuelta cuando de pronto, proveniente del fondo de los establos, advertí un vago sonido que parecía de ascendencia humana. Me acerqué con cautela, arrugada la nariz tanto por el sigilo como por la peste que desprendían los caballos, y al vencer la grupa del último equino me encontré, tirados por el suelo, sobre la paja, a mi compañero Pascual y a la hija de los marqueses de ∗∗∗, en no diré qué postura, sólo que a Pascual se le había descolocado un poco el jersey.

Volví sobrecogido a la reunión en torno al *buffet.* ¡El marquesado de ∗∗∗, uno de los más grandes de España! ¡Un linaje que fue en sus tiempos el terror de Flandes y el acojone de las Dos Sicilias! ¡Un abolengo al que no ganaban los papas en profesión de fe! ¡Un apellido que todavía se pronuncia con unción en las cancillerías europeas! Y de esta manera anduve turbado durante un buen rato.

La segunda vez que salí de mi jaula de oro, y en la que dio también la coincidencia de tropezar con usted, fue con ocasión del «baile de debutantes», como se llama al solemne acto en que los jovencitos son presentados en sociedad. Famosa es la estampa de los jóvenes distinguidos descendiendo por una amplia escalinata y bailando luego un vals bajo las arañas de cristal del techo (allí le vi a usted entre la concurrencia, aplaudiendo nuestras evoluciones). Una vez bailados varios valses, era el momento de sentarse a degustar una suculenta cena, elaborada por los mejores *chefs*. Tuve aquel día la fortuna (buena o mala, ya se vio) de encontrarme de nuevo con Pascual, mi compañero de colegio y amante de los hipódromos. Ítem más, quiso la suerte que se sentara enfrente de mí. Estábamos inmersos en la tarea de pelar los langostinos con cuchillo y tenedor, sumidos en el mar de copas para los diferentes líquidos, y aun para las diferentes añadas, que se disponían delante de nosotros; sopesábamos si convenía utilizar esta, aquella o la otra pala para el pescado, cuando de pronto advierto que Pascual mira el reloj, deja la servilleta a un lado de la mesa y, pidiendo disculpas a los más cercanos, se levanta con mucha ceremonia y sale del salón. Transcurrieron luego más de cinco minutos. «No será capaz», me dije para mis adentros; pero, al cabo de un rato, acabé por dejar yo también la servilleta encima de la mesa, pedir la venia a los presentes y salir en dirección a los aseos.

Me asomé al de caballeros. Nadie. En el de señoras, una puerta cerrada al fondo. Unos gemidos. Me acerco, asomo la cabeza por encima de la puerta y allá veo a Pascual apretujado con la duquesita de ✳✳✳...

¡Pues qué decir del ducado de ✳✳✳! Sus ancestros se inflaron a ganar batallas a los moros y conquistar tierras para el reino de Castilla. Y cuando se les acabó la península, saltaron a las Indias y allí siguieron ganando tierras hasta que se lo impidió el océano. ¡Los duques de ***, que promovieron obispos y cardenales, que pagaron las obras de tantísima capilla! ¡Cuyo escudo de armas flamea en un rincón de la bandera de nuestro país!

En el plano mundano, pronto me di cuenta, yo no tenía nada que hacer. Lo mío era otra cosa: lo mío eran las ideas elevadas, esas ideas que alguien tenía que custodiar y proteger frente a la vulgaridad. «Yo mismo», me dije. «Y líbreme Dios de que algún día tenga que descender a los asuntos cotidianos».

Tratado segundo

Que trata acerca de la caridad, el desprendimiento,
la misericordia, conceptos todos ellos fundamentales
de nuestro tiempo

No obstante mi propósito de conservarme, por así decirlo, entero, y no dejarme ganar por el demonio del mundo, acciones como las que había visto protagonizadas por Pascual habían mellado mi gruesa coraza, y un ligero escepticismo me pinchaba a veces, aunque intentara ignorarlo. Escepticismo hacia la persona de mi abuelo, por ejemplo. Como ya advertiría usted, a él no le gustaba en absoluto participar en el tiroteo y en la cuchipanda que se organizaba después de cada montería; antes bien, prefería mirar a los asistentes tras la ventana de su despacho y no mezclarse con ellos. Como me decía en la intimidad de su despacho, «todos estos burócratas, tecnócratas o como se diga han traicionado el espíritu inicial y ahora no se busca más que el medro y el mangoneo». Por parecidas razones era que miraba mal a mi padre (su yerno) y le tildaba de trincón, de aprovechado, de oportunista, a veces por el mero hecho de que cenaba con un constructor o merendaba con un empresario. «Déjeme, abuelo, haga el favor, que se ha quedado anclado usted en la guerra», solía responder mi padre a sus reconvenciones. Pues bien, pese a todas estas disputas y la furia que se apoderaba de mi abuelo cada vez que veía llegar escopeteros a la finca, nunca se le ocurrió retirarse de aquel «infame trapicheo» y cambiar La Berzosa, con su amplísimo personal de servicio, por uno de sus gloriosos e irreductibles alcázares. Como sospechaba entonces y hoy advierto con nitidez, mi abuelo nunca dejó de poner el cazo mientras pudo.

Escepticismo también hacia mis padres preceptores y las altas y miríficas lecciones que me trataban de inculcar. Recuerdo un día en que, sin querer, y casi contra mi voluntad, esta incredulidad afloró a la superficie. Estaba el padre superior del colegio instruyéndonos en el ejemplo de Pedro de Alcántara, aquel santo varón que, por mejor mortificarse, se arrojaba de cabeza a los zarzales del camino. Pero Dios, en Su bondad, y en el último momento, limpiaba las zarzas de espinas y gracias a ello quedaba el santo sin rasguños. «Así cualquiera –no pude evitar interrumpir al padre–; eso no tiene mérito». «¿Cómo dices, muchacho?», el superior me dirigió una mirada oblicua. «Hombre, digo yo que si Dios le quitaba las espinas a las zarzas…; lo bueno hubiera sido que no se las quitase».

–Qué gracioso el hijo del señor gobernador –admitió el padre, con un extraño tono de voz.

Escepticismo, por último, que se extendía hacia todo el género humano, algo en lo que usted no deja de tener cierta parte. Pues no me negará que ver, como yo vi en los días de La Berzosa, a tanto ministro emboscado, banquero en cuclillas, prócer montaraz y cirujano ilustre meando detrás de unos matojos, pone en solfa el respeto que se ha de tener a los benefactores de la sociedad y ejemplos de superación. Origina, cómo diría yo, cierta procacidad en las ideas.

Yo, sin embargo, no quería entonces dejarme arrastrar por este descreimiento, y cada vez que una de estas extrañas opiniones me asaltaba, hacía acto de contrición, propósito de enmienda, y me imponía las debidas penitencias. Junto con ello, y quizás por ponerlas mejor en claro, compartía mis preocupaciones con los compañeros de estudio.

–¿Tú crees –le participaba a uno– que debemos mantenernos firmes e inamovibles en nuestras convicciones, aunque no cuadren con el signo de los tiempos, o crees que debemos ceder y adaptarnos a la vida y renovar nuestras creencias al compás de las modas?

Y este uno al que le participaba era Pascual, que respondía:

–Sí –mientras no dejaba de echar ojeadas al reloj. Era de pocas palabras Pascual.

En todo caso, y para lo que al relato importa, aquellas dudas y aquellos días pronto iban a finalizar. Estamos en el año que murió El que te cuento, y yo creo que Su Excelencia fue el primero que se olió la tostada; el primero que arrojó detrás de los matorrales de La Berzosa la escopeta y tardó menos que nada en poner tierra y amnesia de por medio. Estaría mal que yo, en mis circunstancias actuales, le reprobase tal comportamiento; es más, le envidio la oportunidad que tuvo de salir por pies y con tamaña celeridad de aquel ambiente. Así no hubo de asistir al gradual y rápido y completo abatimiento de la finca. En apenas un año, La Berzosa quedó destransitada, silenciosa y se diría que maldita. Incluso a mi padre costaba mucho verle por allí. No habrían pasado dos meses desde que usted y sus amigos se escabulleron, cuando mi progenitor dimitió de su cargo de gobernador y se trasladó a la capital. Después de una pequeña temporada en barbecho, para –como a alguno le oí decir– «borrarse las huellas dactilares», reapareció un día en público con barba, sin corbata, es más, con un polo, el jersey atado a la cintura, entre las luces estroboscópicas de una discoteca. Se declaraba asiduo de la noche y rendido admirador de Moustaki, Jacques Brel, Georges Brassens «y ponga usted también ahí Bob Dylan. Y Rafael Alberti». Comenzó a conocérsele en su faceta, hasta entonces desconocida, de simpático vividor, *bon vivant* que, a costa de ver mucho mundo, había adoptado las ideas más avanzadas. También se daba mucho pote de inveterado galán. Sentía predilección por las artistas de cine y teatro, entre las que decía encontrarse muy a gusto, pues en gran medida compartían sensibilidad; «no en vano, yo, allá en mis tiempos universitarios, cada vez que se descuidaba el rector, iba y le representaba a García Lorca», declaró a la prensa en cierta ocasión. A muchas de estas conquistas las llevaba a La Berzosa o, por mejor decir, al campo, ya que, según sus manifestaciones, él de siempre había sido ecologista y amante de la naturaleza, uno de los pioneros en este sentido. Cómo sería de ecologista que, en su momento, eso le costó no pocos enfrentamientos con la policía. «¿Ves esta cicatriz de aquí? –oí cierta vez, agazapado tras la barandilla de la planta superior, que le preguntaba a una de sus invitadas, mientras se desabrochaba el pantalón y le enseñaba la marca de la vacuna–; ésta me la hicieron de un porrazo los grises en París, mayo del 68».

–¿Cómo «los grises»? ¿También visten de gris los policías en Francia?

–Esto... yo... no sé... la verdad... –mi padre se había dejado llevar por el discurso acostumbrado y en verdad no creo que supiera cómo vestían los policías en París allá por el glorioso mayo. Pero no importaba; al fin, era hombre de recursos:– ¡En el fragor de la lucha uno no se fija en esos detalles!

No recuerdo si he dicho ya, en alguna parte de este relato, que mi padre era viudo; si no es así, lo digo ahora. Ello sin duda le habilitaba, desde el punto de vista moral, para comportarse como lo hacía, darse ínfulas de conquistador y pasearse con tanto desparpajo entre la *gauche divine*. Había una persona, sin embargo, a la que esto le parecía indigno e insultante: mi abuelo. No era ya por una presunta falta de respeto hacia mi difunta madre, su hija; eso tal vez era lo de menos. Le indignaba, sobre todo, ver a su yerno, que se había significado como gente de orden y guardián de los valores, vestido a la sazón con pantalones de cuero, botas de tacón cubano y camisetas de tirantes. Más de una vez se lo reprochó cuando se dejaba caer por La Berzosa, acompañado de una de sus suripantas; la refriega alcanzó especial violencia cierto día en que mi abuelo se enteró de que mi padre se presentaba en las listas electorales como el número 38.

—Es una anécdota, abuelo, créame —se disculpaba mi padre—. No hay posibilidad de que salga. Además, estoy inscrito como independiente.

—Yo no veo dónde está la anécdota.

—Déjelo, no lo entendería.

—No hay nada que entender.

El caso es que cierta mañana me encontraba yo en el colegio, asistiendo a las clases como era la norma, cuando de pronto el padre superior me llamó a su despacho. Una vez en él, me invitó a sentarme y me comunicó luego que tenía que darme una luctuosa noticia. «Tu padre, que en gloria esté…» comenzó a decir, sin el menor instinto narrativo, echando por tierra un posible efecto sorpresa. El caso era que mi padre había tenido una discusión con mi abuelo y en el transcurso de ella éste subió a su cuarto y, tomando de la panoplia un largo sable, le había hecho una observación incisiva a mi progenitor, a resultas de la cual quedó tendido mi padre en el suelo cuan largo era y mal vestido estaba. Después de ello mi abuelo, no contento con su acción, volvió a su aquel a modo de búnker y, tras un rato en que estuvo escribiendo una carta, desempolvó una vieja Luger alemana y, prácticamente en un plis, se convirtió en mi antepasado.

–Ésta es la carta que encontraron sobre su mesa. Va dirigida a ti.

Y yo abrí el sobre y extraje un folio, escrito con letra trémula, que decía así:

Querido nieto:

En estas escasas líneas van concentradas varias malas nuevas. La primera es que ni tu padre ni yo vamos a poder hacernos ya cargo de ti; desde este momento, habrás de comenzar a valerte en la vida por ti mismo. Dentro de la desgracia, el colegio está pagado hasta final de mes, pero mucho me temo que, para el entrante, y hasta que se arreglen los asuntos monetarios, quedas a la caridad de los curas. ¡Dios les guíe en tan noble misión! La segunda mala nueva es que, como ya te habrás dado cuenta, España, a día de hoy, es un auténtico guirigay. Un sindiós. Una jaula de grillos donde se han resquebrajado los principios fundamentales y donde ni el honor, ni el heroísmo, ni el temor de Dios siquiera, parece que tengan ya mucho predicamento. Yo te animo, sin embargo, nieto, a mantenerte firme en las ideas que te he inculcado; ten por cierto que amanecerá el día en que volverá a imponerse el orden y acabará toda esta relajación; entonces tú, por tu fidelidad al ideario, tendrás de seguro un sitio en el ara patria. Hasta aquí estos dos puntos. Por lo demás, no sé qué más decirte. Me he quedado en blanco y tampoco es plan de alargar esta nota por demasiado tiempo. Quizás me he dejado algo por explicarte, pero ya comprenderás que voy con cierta prisa. Así que lo dicho: un infinito abrazo y un vibrante ¡Dios, Patria, Justicia!

Tu abuelo.

Consultados los curas al respecto, me informaron de que, en efecto, había quedado a su caridad. En este punto, creí conveniente recordarles de qué manera mi padre, en sus tiempos de gobernador, había sido caritativo con ellos, y el largo modo en que había ejercido su generosidad.

–¡¿Generosidad dices?! –se levantó de la silla el padre superior–. Nada de generosidad. Martín. Generosidad es cuando uno dona algo a alguien de manera gratuita, espléndida, altruista; pero cuando pide algo a cambio de su donación, entonces no hay generosidad alguna, entonces estamos hablando de una simple transacción. Y a cambio de los donativos que pudiera darnos tu padre, Martín, y que no eran tan elevados, nosotros debíamos de soportar las ocurrencias, desafines y patadas al diccionario de su hijo; con lo cual no sé yo, realmente, si encima se nos pagó un justo precio.

–Pero, padre, yo creía que si me daban la preferencia en el coro, y los papeles de protagonista en el teatro, y el lugar señero en las exposiciones, era por mi sensibilidad, por mi buen gusto, por mi talento.

El padre superior se me quedó mirando un largo rato.

De la habitación privada pasé aquella misma tarde al dormitorio común, y a partir del día siguiente hube de levantarme, como el resto, al toque de campana, lavarme en un grifo del patio y vestirme en apenas un minuto al compás de un silbato. Y después de las clases hube de pelar patatas, barrer suelos, o cualquier otra cosa que se les ocurriera a mis preceptores para amortizar mi estancia. Todo esto, si he de decir verdad, no me disgustó demasiado, pues le juro a usted que nunca me he considerado tan aristocrático como para llegar a pensar que lo que sirve para cualquiera no pueda servir también para mí. El problema no fueron, pues, mis melindres; el problema es que, en ocasiones, lo que sirve para cualquiera no debería servir para nadie. Y como no sé si me estoy explicando bien, permítame que le ponga cierto ejemplo:

Había en el colegio un refectorio donde conjuntamente se ejecutaba la comida (por espartana y sin sobremesa es por lo que utilizo el término «ejecutar»). Cierto día, habiéndonos sentado ya todos los alumnos del común a deglutir, ocurrió que, en algún punto de las largas hileras de mesas, faltó una cuchara. El estudiante al que tal accidente le sobrevino lo remedió quitándosela al de al lado, quien a su vez procedió igual, y el otro reaccionó así mismo... y de este modo, en menos tiempo del que tardo yo en contarlo, la sala se convirtió en un gigantesco trile en cuyo pasa-la-bolita me llegó al fin el momento de participar. Yo, cuando en tal punto me vi sin cuchara, opiné que era mucho mejor ser civilizado y me levanté a pedirle una al padre Pardo, hombre de mucho carácter que solía asistir y escudriñar de pie nuestra alimentación, apostado junto a una mesa llena de manteles, vajillas, cubiertos y vasos supletorios.

–Así que te falta la cuchara –dijo el padre Pardo; y agarrándome del brazo y de vacío me recondujo a mi asiento–: pues no habértela dejado arrebatar, tunante. Aquí no se viene a jugar. Si quieres comer y no tienes cuchara, abreva –y casi me hundió la cara en la sopa, que, a todo aquello, ya habían servido.

Terminada la comida, el compañero que se sentaba a mi lado me dijo:

–¿Y a ti quién te mandaba ir a pedirle nada al padre Pardo? ¿Por qué no le cogiste la cuchara al siguiente?

–Porque no me parecía bien comer a costa de otro.

–Anda, ¿y qué te importará el otro a ti? Pues sí que... El que venga detrás que arree, no te fastidia. Ni que tuviéramos que estar pendientes del bienestar de los demás.

Y todo aquello que me dijo éste y lo que me dijo el padre Pardo me sirvió en aquel momento de extraordinaria lección. Me propuse, de allí en adelante, tener fortaleza de ánimo para soportar el ayuno cuantas veces me lo señalase Dios, puesto que nunca quise perjudicar a nadie.

Poco tiempo después de este incidente, recibí una carta en la que se me citaba para la lectura del testamento de mi padre. Acudí a un despacho de abogados y el administrador de la finca, de nombre Castillo, se apresuró a informarme de que La Berzosa, principal propiedad de mi padre y que yo iba a recibir en herencia, llevaba desde hacía tanto tiempo abandonada que, en realidad, no merecía la pena tratar de recuperarla. Poco quedaba en ella que se pudiera aprovechar, sobre todo en esos tiempos en que la montería no era, digamos, una actividad muy recomendable. Me informó Castillo de que, como administrador, se había tomado la libertad de hacer cuentas y disponer medidas y... Pero mejor será oírle:

—Tanto de gastos generales, tanto de impuestos, tanto de lucro cesante, total: la ruina. Menos mal que ya he entrado en negociaciones con una empresa muy de fiar, radicada en no me acuerdo ahora mismo qué isla del Caribe. De lo cual, descontada mi comisión, le quedaría en limpio esto —y me extendió un talón por diez millones de las antiguas pesetas—. Tómelo y firme la venta, que yo me tengo que ir rápido, porque voy a ser nombrado presidente de la Inspección Nacional de Valores Bursátiles y al fin me están mal estos negocios.

Y de esta manera fue finiquitada La Berzosa, el escenario de mi infancia.

Obnubilado yo por el brillo del dinero, que era mucho para quien no sabía usarlo, volví esa misma tarde al colegio y le conté el episodio al padre Varela, el que se encargaba de vigilar los dormitorios. No bien había acabado de ponerme el pijama, cuando Varela me comunicó, con una voz, por cierto, en extremo dulce y delicada, que el padre superior quería verme. Acudí al despacho con cierta prevención, pero, al abrir la puerta, lejos de una reprimenda, me encontré con que el padre superior se levantaba sonriente de su silla y acudía con la mano extendida a recibirme. «Pasa, Martín, pasa; el padre Varela me ha contado lo de tu herencia», y fue directo al grano. Me dijo que mi antigua habitación individual estaba disponible, que con mucho cariño la habían reservado para mí por si algún día quería volver a ocuparla. Decliné el ofrecimiento porque, según luego le confesé al padre, estaba decidido a abandonar el colegio. «¿Cómo es eso? ¿Dejar tu formación a la mitad, con las inmensas posibilidades que apuntas?» Le dije que hiciera el favor de no creerme tan tonto como para no recordar lo que hacía apenas unos meses me había dicho, sobre mi escasa sensibilidad y nulo talento. «Por supuesto que no, Martín, ya sabemos que eres muy inteligente». Me alegraba oírselo decir, pero, decididamente, me marchaba; a ser posible, mañana mismo.

–Bien, Martín, sólo me cabe desearte mucha suerte. Espero que tu resquemor hacia nosotros no te haga despreciar los valores que te hemos enseñado. Perdonar a los enemigos, disculpar las ofensas, ser humilde y hacer el bien siempre que haya ocasión son valores que tienen validez pese a todo. Recuerda aquel viejo refrán: «Es de bien nacidos ser agradecidos», y compórtate siempre que puedas con generosidad y grandeza de corazón. Lamento que te marches dolido con nosotros, pero si ése es tu deseo, adiós.

A la mañana siguiente, antes de marcharme, tomé un cheque de un pequeño talonario que me había agenciado, extendí en él una cifra seguida de seis ceros y lo pasé luego por debajo de la puerta del padre superior. Había estado pensando toda la noche y, en efecto, tenía razón el padre: hay que ser agradecidos, sobre todo con quien le ha enseñado a uno los más altos valores, hay que ser generoso y hay que comportarse siempre que se pueda con grandeza de corazón.

Tratado tercero

En el que empiezan a desbaratarse sus planes y
acaban por desbaratarse del todo

Se preguntará usted seguramente qué hacía yo con un talonario de cheques. Pues bien, le explico. La misma tarde en que recibí la herencia tracé en mi mente un plan: me propuse, de ahí en adelante, ser pródigo, desprendido, generoso, desarrollar las más nobles virtudes que cabe imaginar, aunque con cuidado de no caer, al mismo tiempo, en el vicio del orgullo y la soberbia. Un equilibrio difícil, ciertamente, pero que yo estaba dispuesto a sostener hasta convertirme en un hombre modélico. Ése era mi plan.

Resuelto a cumplirlo, con el talonario de cheques bien apretado en un bolsillo para emplearlo cuanto fuera posible en obras benéficas, tomé, apenas salir del colegio, el camino de la ciudad y, llegado a ella, me instalé en una cutrísima pensión, de las más baratas del centro. Si miré en extremo por la economía no fue por avaricia ni ningún otro pecado capital, sino porque quería socavar lo menos posible los millones que me quedaban, aunque yo, en mi simplicidad, creyera que tal capitalazo no iba a gastarse nunca. Embargado por esta idea de hacer el bien, me lancé el día siguiente bien temprano (porque no se me acusara de pereza) a buscar febrilmente a una persona sobre la que comenzar a descargar toda mi munificencia. A Dios gracias, no tuve que apartarme mucho de la pensión, pues hallé en el propietario de ella a la primera víctima propiciatoria y, como si dijéramos, inaugural de mi camino de perfección.

Ocurría que al hombre, aquella misma tarde en que me instalé, le había visto mustio, melancólico, y hasta creí apreciar en sus mejillas lo que parecían restos de lágrimas. A la mañana siguiente, cuando antes de salir a hacer el bien creí oportuno vaciar la vejiga, me lo encontré en los urinarios comunes y aproveché para preguntarle por la razón de su tristeza, y asimismo si en algo le podía servir de ayuda. Él respondió, sin dejar de mirar el chorro, que no, que seguramente no, pues su problema era cosa de dinero.

—Cuéntemelo no obstante —le insté yo, regocijado de antemano por el efecto de la sorpresa. No reparé entonces en que con ello tal vez estuviera incurriendo en el pecado de vanagloria.

—Pues verá...

Y me contó que su esposa, que de tener la misma edad que él frisaría los sesenta, padecía de cataratas tan en aumento que le habían dado cita de urgencia en la Seguridad Social para operarla. Con lo cual temía el hombre, y con razón, que al ritmo que marchaban las intervenciones quirúrgicas a la pobre mujer le fuera a concluir el siglo y principiar el milenio entre penumbras. A no ser, naturalmente, que se pudiese costear una operación privada, para lo cual ya le habían advertido de que precisaba de un dineral que no tenía.

—¿Cuánto exactamente?

—Más de un cuarto de millón.

Llegados a este punto, le conté cómo y por qué me hallaba yo en posesión de una importante suma de dinero, y luego, sin darle tiempo siquiera a subirse la cremallera, le arrastré hasta la primera sucursal bancaria, donde, tras tirar de talón, uno por uno le apoquiné los doscientos cincuenta porrazos.

¿Cómo podría yo contar, sin que parezca exageración, los besos, los abrazos y apretujones que allí mismo, en el establecimiento, el hombre me dio? Le decía yo, avergonzado y zarandeado, que no a mí en último caso, sino al Supremo Hacedor debía darle las gracias, pues de tal modo había dispuesto las cosas para que, necesitando él y teniendo yo, nos fuéramos a encontrar y tuviera yo ocasión de hacer una obra de beneficencia. Lo cual, sin duda, había sido un designio en recompensa a su misericordia, pues de modo tan sincero y con tanta tribulación se compadecía del prójimo, aun cuando este prójimo fuera su cónyuge.

—¡Qué bien ha hablado usted! —y con cien puñetazos en los hombros, doscientos golpes en la espalda y otras mil efusiones más siguió dándome las gracias.

Al final se fue, operó a su esposa y, por lo que le oí contar, ésta quedó en perfectas condiciones. Otro día, sin embargo, al poco tiempo, se presentó el hombre en mi habitación de nuevo mohíno, y con la vista perdida en una telaraña que colgaba del techo me soltó:

—Como yo siempre estoy preocupándome por el prójimo, amigo mío, no hago más que darle vueltas a esto de la beneficencia. Se me figura a mí que es como la lotería. O sea, que igual que en ésta hay pedrea y premio gordo, pero es pensando en lo segundo y no en lo primero que la gente compra el décimo... ¿me estoy explicando bien?

—Sí —le respondí.

—Pues igual: si la beneficencia anduviera aquí y allá repartiendo pellizquitos, no le interesaría a nadie, ¿verdad que no? Pero si, en cambio, cogiera y le agraciara a uno hasta el máximo... a un prójimo me refiero... eso ya es distinto. No le estoy diciendo con esto, querido amigo, que desparrame su generosidad en mí, pero sí que lo haga en uno sólo. Cualquiera. Porque, además, contentar a todo el mundo es imposible.

Y yo, después de que me hubiera hecho esta advertencia, viéndole tan taciturno le pregunté si acaso no curaba su mujer, y él me respondió que no, no se trataba de eso. Se trataba de que, aparte del de su esposa, ya de antiguo le atormentaban otros problemas del prójimo. Le pregunté si podía yo ayudarle con algún dinero a solucionarlos y su respuesta fue que, hombre, no quería abusar, pero en fin, le apenaba no poder darle a su hija, por ejemplo, mejor educación que la universitaria. Era también una lástima que su sobrino, por carecer de dinero, no pudiera trabajar. Daba también grima que...

—No se preocupe por nada de eso —le dije.

Y comencé a soltar talegos sin mayor condición que no me lo agradeciese tanto como la vez pasada.

De este modo llegó el momento en que, aunque parezca imposible, vi agotado mi capital. Fue justo el día en que vino el otro a pedirme dinero para un televisor en color con que pretendía beneficiar a su cuñado. Yo, azarado al extremo, le hube de confesar la mengua irreparable en mis recursos, a lo que él reaccionó de esta manera:

—Luego no hay televisor.

—Exacto. Pero no desespere, amigo, que no sólo a través de mí, sino por medios inescrutables, concede el Señor la gracia de Su misericordia.

—Pues menuda sarta de palabras me ha endosado en lugar del televisor, que es lo que yo necesito. Pero ¿puede saberse por cuánto vendió usted su finca?

Le dije la cantidad.

—Hombre, pues visto así, la culpa es suya. Mira tú que despachar un latifundio, que se llena la boca solamente con decirlo, por diez míseros millones de pesetas. Hace falta ser memo.

Y, como fulminado por un rayo, se derrumbó sobre un butacón que junto a la cama había. Cuando, al cabo de unos minutos, se disipó la nube de polvo, le pude ver con la cara hundida entre las manos, viva imagen de la desesperación.

—Un terreno —balbucía, a punto de llorar— de ni sé cuántas hectáreas, olivos, árboles frutales. Un terreno así, ¡por diez millones!; que es lo mismo que decir ¡por dos pesetas! ¡Ah, si conmigo hubiera dado ese estafador, ese canalla hijo de puta, ese economista! ¡Conmigo hubiera ido listo! ¿Diez millones?, le habría dicho, ¿diez millones? ¡Ven para acá y no escapes, sinvergüenza, que te hago puré!

—Tranquilícese —le dije—, no se ponga así. Yo comprendo que su buen corazón y su capacidad de empatía con los demás le lleva a ponerse en lugar de los otros y compartir sus cuitas y…

En aquel momento, se agachó hacia un reposabrazos del butacón y comenzó a morderlo. A tal punto llegó en su cólera y afán de resarcimiento sobre el bueno del administrador, que yo, sinceramente, temí le fuera a dar un jamacuco. Por ello me vi obligado a arrodillarme junto a él y, con las más tiernas y conciliadoras razones, tratar de hacerle volver de su paroxismo, cosa que me llevó, sobrados, los veinte minutos. Una vez que conseguí tranquilizarle, clavó su mirada en mí y, se diría que pretendiendo devolverme las dulzuras, con el más sosegado tono de voz me dijo:

—Perdona, chaval, si hace un momento despotriqué contra ti por haber consentido en tamaño robo. Al fin y al cabo, tú eres una criatura inocente, un joven cándido poco prevenido contra las trampas de este cochino mundo. Pero, para que veas que yo me cuido muy bien del prójimo y que hay alguien que se preocupa por ti, yo, hijo, no hago más que preguntarme inquieto: ¿dónde vas a ir ahora sin dinero?, ¿dónde vas a dormir?, ¿dónde a comer?

Esto me dijo. Y yo, a la vista de cuán atribulado se mostraba, concluí que si de nuevo tuviera con qué ejercer la caridad, lo haría de forma humilde y, sobre todo, anónima. Desde luego sin vanagloriarme en ello, pues del disgusto del hombre tenía yo, qué duda cabe, mucha culpa, por haberle infundido falsas esperanzas.

Por tanto, me estaba bien empleado el encontrarme, como a la hora me encontré, de patitas en la calle, despeluchado por completo. Negro se presentaba entonces el panorama, y yo ya me veía abocado a dormir bajo un puente, cuando, en el último momento, una sorpresiva carta que me dio el portero al cruzar el portal resolvió la incertidumbre de alojamiento y comida que se abatía sobre mí. Y además por una larga, muy larga temporada.

Era una carta salvadora, redentora. Una carta que abría ante mí un mundo nuevo lleno de perspectivas de futuro.

Era una puerta abierta a la esperanza. La ocasión de mi vida.

Tratado cuarto

En el que cuenta cómo se vio en una situación
que muchos otros le envidiarían

Era la orden de ingreso en el Ejército para cumplir el servicio militar.

¡Tiempos aquellos en que la nación confiaba su defensa a la valentía de sus mozos!, ¡en que elegía por sorteo a quienes, de entre los jóvenes, tendrían el honor de verter su sangre generosamente por el solar patrio! O algo así era la frase.

Al leer la sucinta comunicación, casi me hinqué de rodillas para dar gracias al Cielo. Porque cosa de la Divinísima Providencia era, sin duda, que, después de que se me cerrara el camino de la filantropía, ahora se me abriera aquella otra ruta castrense para alcanzar la gloria según la entendía mi abuelo y a mí me la había hecho desear. Pues si en ella Dios y patria, patria y Dios, venían a ser lo mismo, tanto montaba entonces enaltecer su nombre a limosna suelta como a tiro limpio.

El día señalado en la convocatoria me amaneció a las puertas del Gobierno Militar, que era donde me habían de adjudicar destino. Aguardaba yo expectante, el primero de una fila inexplicablemente perezosa, a que abrieran el portón. Tenía junto a mí un hato hecho con mis escasas pertenencias, y en una caja mis numerosos libros.

Cuando al fin abrieron apreté a correr y, con una buena ventaja sobre los demás, me precipité en la Caja de Reclutas. Quiso la suerte que, entre los que allí se encontraban, aguardando a cabestros remolones y sorprendidos por la irrupción de un toro bravo, hubiera un viejo conocido de mi padre y muy frecuentador de La Berzosa, al cual oí yo que, en tales días, y en tal sitio, y entre tanto tiroteo, le llamaban Crispín. Yo, no obstante, viéndole en habitación tan seria, con el enorme retrato en la pared y la ribeteada bandera en un rincón, en traje lleno de galones, con un aire circunspecto y afectado, como en gerencia de todo el Ejército, tuve cierto reparo en llamarle por un nombre tan coloquial. Y a pesar de que él, al verme y reconocerme, dio un respingo, no me faltaron a mí reflejos para, aunque todavía de civil, cuadrarme y saludarle por su cargo, que era el de general.

–¡A sus órdenes, mi general!

Tal vez en agradecimiento a ello, me tomó del brazo y me introdujo en una salita anexa, donde, apenas cerrar la puerta, me soltó:

–Pero ¿qué es lo que haces tú aquí, muchacho, entre la tropa? ¿Cómo es que no te has agenciado un certificado médico o pagado una excedencia que te librara de todo esto?

Hube de contarle entonces cómo mi parentela se había fulminado, así como mi herencia, lo cual sintió. Me preguntó después por unos cuantos conocidos, asistentes a La Berzosa, y si sabía algo de ellos, pues todos, como al término de una reunión clandestina, se habían disuelto con el mayor disimulo. Bueno, todos excepto Su Ilustrísima, de quien sabía por haberle visto tantas veces en televisión y encontrárselo en los papeles; pero de los demás lo cierto era que ignoraba incluso su paradero. De lo cual me pidió que le informara, prometiéndome la máxima discreción.

Atendiendo, yo creo, a mis adolescentes años, tragó el general con mi ignorancia a este respecto y no me insistió sobre el particular. Y volviendo a lo que en ese momento nos ocupaba, me aconsejó arrimarme a él como única solución y mejor medio de cumplir un excelente servicio militar.

–No otra cosa es lo que pretendo yo, mi general –le contesté, siempre en posición de firmes.

–Pues hale, sal y veremos lo que se puede hacer.

–Muchas gracias, señor. ¡Viva España! –grité con toda la fuerza de mis pulmones.

–Pero calla, chaval, ¿tú estás loco? –exclamó el general mientras se lanzaba hacia delante para cerrarme la boca–. Calla, por Dios, que me metes en un compromiso.

–Vale.

–Y una cosa te voy a decir, porque veo que hace falta que te lo aclare: no digas una palabra a nadie de si me conociste o me dejaste de conocer en La Berzosa, ¿entendido?

–Entendido.

–Pues eso, ándate con tacto. Ahora vamos para la Caja.

–Antes de salir, mi general, quisiera hacerle una pregunta, si me permite. Para que vea que precisamente tacto no me habrá de faltar en mi carrera militar.

–Suéltala.

–¿Cuál es su apellido? Porque no estaría bien, usted comprenderá, que me refiriera a usted como el general Crispín.

Crispín, como yo le conocía, se me quedó mirando un rato largo y luego me dijo:

–De la Riva. General Críspulo de la Riva.

Entré en filas, pues, al arrimo del general De la Riva. Aquella misma tarde me instaló en la antesala de su despacho, a cargo de la fotocopiadora y el archivo, rebajado de uniforme, barba, botas. Y el pernocta, a discreción. Aunque sí, como era el caso, no lo quería utilizar porque no tenía adónde ir, al fin me aseguraba mi general un fugacísimo paso por la compañía, entreteniéndome a lo sumo en tan marcial y aguerrida tarea como es hacer la cama. Y ello así porque había que guardar las formas y no hubiera quedado bien encargarle esto a un sargento.

Aguanté esta situación un par de meses. Pero atendiendo a que, con esta vida, de ninguna de las maneras iba a dar lustre a mi hoja de servicios, pues hasta de lo más elemental como es un poco de instrucción, por no hablar del emotivo acto de jurar bandera, se me había eximido, ya no lo pude sufrir más. Una tarde, decidido, fui a protestarle a mi valedor.

—¿Cómo dices, muchacho? ¿Que no estás contento con tu destino? Pero, por Dios, si sólo falta que se te ponga con el culo en pompa el Jefe del Estado Mayor. Date cuenta, además, chaval, de que no estás en condiciones de… digamos… exigir mucho, ni de devolver favores, y que todos los que se te hacen son, pues, de forma desinteresada. Que ya es mucho.

—Todo eso lo sé, mi general, pero usted me prometió un buen puesto.

—¿Y?

—Que yo no encuentro aquí ocasión de verter mi sangre por la patria. Ya veo que se me va a pasar el año de milicia sin poder demostrar mi valía, ni mi espíritu guerrero, y sin hacer aquello para lo que se supone estamos aquí, que es enfrentarse al enemigo. Yo lo que desearía, mi general, es ser enviado a la primera línea del frente y, si no es mucho pedir, entrar en batalla. Allí tenga usted por seguro, mi general, que no desentonaré y que habrá de sentirse orgulloso de mí.

Tanto más que tardé yo en explicarme tardó mi general en cerrar la boca y efectuar unos rápidos parpadeos. Luego se volvió, fue hacia su mesa, garabateó sobre un papel escasas las tres líneas y, tras doblarlo enérgicamente, me lo entregó con estas palabras:

–Pues bien; si quieres guerra, la tendrás. Entrega este papel en el cuerpo de guardia.

Me guardé el papel en el bolsillo y luego le dije:

–¿No va a despedirme, mi general?

–Sí, sí, claro.

Y allí, en el centro de la sala, los dos hieráticos, nos dimos un abrazo tan separado, recio, y acompañado de dos robustas palmadas como ordena el ceremonial castrense. Y ya iba yo, más tieso que un palo, camino de la puerta, cuando el general realizó un postrer gesto que no creo pueda considerarse muy marcial, como fue darme una palmada en el culo al tiempo que decía:

–Hale, hijo, que ya verás.

Enarbolando la nota del general, completamente eufórico, me presenté en el cuerpo de guardia. Le entregué el papel al cabo que hacía la puerta, quien la leyó, se la pasó luego al sargento de semana, éste al brigada, y así, todo el mundo dándose de codazos y señalándome con la barbilla, recorrió la orden del general todo el cuerpo de guardia hasta llegar al comandante. El cual, luego que la hubo leído, releído, y hubo cesado de parpadear, ordenó que al punto fuese provisto de un uniforme y, acto seguido, llevado al peluquero. Yo, que oía estas disposiciones, reventaba de gozo al ver abierto frente a mí el camino de la gloria militar. Y ya iba a darle, no sabía bien cómo, las gracias al comandante, cuando éste profirió un rotundo «¡¡¡Firmes!!!» que todavía retumba en mis oídos.

Pasaron los diez restantes meses de mi servicio militar, 304 días que, traducidos al lenguaje cuartelario, vinieron en mi caso a ser 220 guardias, 115 imaginarias (a veces dos por noche), 74 servicios de cocina, ni me acuerdo los retenes, pronto perdí la cuenta de los zafarranchos… Por no hablar de novatadas, pues los soldados de mi compañía, habiéndome conocido muy apadrinado, cuando me vieron luego por tierra y todos iguales, comenzaron al punto a cebarse y encarnizarse conmigo y pareció que habían encontrado su mejor pasatiempo en idear mil formas de gamberrearme a destajo. Instaurado como novato perpetuo, pardillo atemporal y chivo clásico, estuvieron dándome matraca hasta el día que me licencié, e incluso estando ya en la calle alguno pretendió que le diera una capa de betún a sus botas.

No diré cuál es el domicilio exacto del general De la Riva, ni cómo logré enterarme de él. Sólo diré que a su puerta fui a aguardarle el mismo día que me licenciaron. Quiso la suerte que aquella noche se retrasara en volver y que las calles de alrededor fueran quedándose desiertas y oscuras, como a propósito para soltarle, sin estorbos, lo que me había llevado hasta allí. Para mayor satisfacción, cuando por fin le vi aparecer, llegaba solo.

Le di tiempo para que se plantara ante la puerta de su casa, para que se sintiera relajado. Justo entonces, cuando estaba introduciendo la llave en la cerradura, saliendo de entre las sombras me aparecí de improviso.

—Buenas noches, general.

¡Dios del Cielo! ¿Quién pudiera describir la súbita demudación del rostro de este hombre? Su garganta no acertaba a producir un grito, ni sus labios a mascullar súplica alguna, de puro terror. Al tiempo que retrocedía temblequeante, me miraba con ojos espantados, como si Josu Ternera en persona fuese quien le asaltaba. Cuando al cabo de unos segundos me reconoció, lejos de tranquilizarse se acrecentó en él el terror casi hasta el desmayo. Le tomé del hombro.

—Vengo a darle las gracias, general.

No pude, como quisiera, concluir con un rimbombante «general» la frase, porque el azogamiento de aquél, como una corriente eléctrica, a través de su hombro y de mi brazo acabó por transmitirse a mi mandíbula. Hube, pues, de soltarle.

–¿Gracias? –farfulló con dificultad.

–Sí, señor, gracias. Gracias por su buen corazón cuando, desde el primer día, aun sabiendo muy bien que yo no estaba en condiciones de pagar favor alguno, procuró ahorrarme tanta fatiga y exceptuarme a tanta degradación como hay en los cuarteles. Degradación que usted conocía, pero yo entonces ignoraba, y de la que intentó librarme. Gracias también por su solicitud cuando, atendiendo a mis deseos, y pese a que usted sí sabía y yo no que eran absurdos, los satisfizo rápidamente en cuanto estuvo en su mano. En resumidas cuentas, general, le estoy muy agradecido.

El otro, a todo aquello, ya había recuperado su aplomo. Dispuesto estaba a responderme con sabe Dios qué solemne y protocolaria fórmula cuando yo le cogí del lóbulo de la oreja y, retorciéndoselo (debo puntualizar que con cariño), le dije:

–¡Adiós, Crispín!

Y me alejé de allí.

No corriendo, pero tampoco despacio. Aquella noche, en realidad, no tenía adónde ir. Agotada mi carrera militar y con la intercesión divina únicamente como plan B, me refugié en el vestíbulo de una estación de tren y tuve bastante tiempo para pensar. Yo ya entendía que ni por medio de la santidad, ni por el del heroísmo, iba a alcanzar meta alguna. Por no alcanzar, ni siquiera había alcanzado un lugar bajo techo donde dormir. Era hora, pues, de descender de los más grandes conceptos y de los sueños egregios a los valores cotidianos, los principios del hombre de la calle y los lugares comunes. A la que amanecía, había tomado la determinación de acogerme, como dicen que hacen los buenos, al trabajo. A la tarea que fuese y cuanto más dura mejor, como señal irrefutable de honradez. Como medio de dignificarme. Como manera de contribuir con mi esfuerzo al progreso de la sociedad y acabar obteniendo de ello una justa recompensa.

«Nació el hombre para el trabajo como el ave para el vuelo», dice la Biblia en el libro de Job.

Tratado quinto

Acerca de ese gran correctivo que es el trabajo

A cuento de esto del trabajo, me vienen a la memoria las palabras que Su Ilustrísima pronunció durante el homenaje que le rindió el mundo de la cultura; aquello de que «es tarea de nosotros, los intelectuales, encauzar los esfuerzos del pueblo». Respecto a esto, y desde hace varios años, estoy deseando decirle unas cuantas cosas... pero quizás no sea éste el sitio.

Volviendo a lo que íbamos: yo no sé cómo no quedé escarmentado de los antiguos conocimientos de mi padre, y cómo a la hora de buscar trabajo acudí a algunos viejos frecuentadores de La Berzosa, quien más quien menos empresario, ejecutivo o financiero. Pero de todos ellos (de todos los que se dignaron recibirme, quiero decir) obtuve la misma respuesta:

–¡Un Alzuera y Velascón entre mis empleados! Eso supondría atraerme las críticas y suspicacias de todo el mundo. No puede ser –por más que les asegurara que, de las altas esferas sociopolíticas, había ido a descender al lumpen, pero al lumpen que te cagas.

Ya disculpará Su Señoría que en la argamasa de mi discurso mezcle, como le advertí al inicio y habrá venido hasta aquí observando, términos de la mayor tradición y autoridad con expresiones nuevas, rápidas y no le negaré que chuscas. Bien conozco que estas cosas desmerecen mi relato, pero como pedirme a estas alturas que me enmiende sería lo mismo que pedir besugo a un telepizza, mejor será, para los dos, dejar aquí aparcada cualquier consideración literaria sobre mi estilo, no nos ocurra lo que a aquella pareja de novios a quienes, entre «ponte bien» y «estate quieta», se les pasó *in albis* la noche de bodas.

—Podría trabajar bajo un nombre falso —les sugería yo a mis enchufantes.

—Peor.

La decimotercera o decimocuarta puerta a la que llamé fue a la de un tal Ibarrola, de profesión emprendedor. Este Ibarrola, luego que hubo oído lo paupérrimo y desesperado de mi situación, enseguida se hizo cargo de ella y no encontró que el nombre fuera obstáculo insalvable.

—Hombre —se apresuró a decir—, no te negaré que es un problema por cuanto puede desacreditarme ante la opinión pública. Pero para todo, hijo mío, hay remedio. Para este caso, escucha el que se me ha ocurrido: primeramente, no te haré figurar de manera oficial entre mis empleados, es decir, que no te haré contrato ni te daré de alta en la Seguridad Social, ¿captas la astucia? Segundamente, y porque no todo van a ser ganancias por tu parte, como yo debo, en cierto modo, cubrirme las espaldas, convendrás en que del sueldo que tengo por norma pagar se te descuente un tanto por ciento. Esto es para el caso de que, descubierta tu personalidad, se apreste contra mí la jauría mediática; entonces podría escudarme en el hecho de que lo que hacía en realidad contigo era explotarte. ¿Qué te parece?

No pude por menos de admitir que estaba bien pensado y consentí en ello. Pero aún, y antes de que me asignara una tarea, tuve que oír cómo Ibarrola, con tono exhortatorio, me decía:

—Por los movimientos de tu persona, muchacho, deduzco que es la primera vez que trabajas. Gran momento es éste, bien lo sé, y emocionante. Sí, muchacho, me emociono porque eres mi viva imagen el día que comencé también a trabajar. Parece que estoy oyendo a mi padre: «Ante todo, hijo, sé laborioso y aplicado. No rehúyas la tarea porque, finalmente, tu esfuerzo se verá recompensado. Sé también despierto. No serás el primero en esta vida que, a fuerza de arrimar el hombro y aprovechar sus oportunidades, se abre paso». De esta manera me aleccionó mi padre. Por seguir su consejo, yo ahora te coloco el último de mi empresa, para que así tú también te curtas y desde allí asciendas.

Eso me dijo.

¿Verdad que se parece a aquello que Su Ilustrísima pidió en el discurso de ingreso en la Academia: «Un esfuerzo de todos para hacer que nuestra sociedad llegue a buen puerto»?

Sigo porque será mejor. Ibarrola dirigía un grupo de empresas y, como yo había hecho constar en mi currículum cierta habilidad con los números, me colocó de subayudante de contable, nivel 3, ante una mesa de hierro medio herrumbrosa, en un pasillo y bajo el chorro del aire acondicionado. Mi tarea consistía en revisar los justificantes de gastos de los empleados; sumergirme en un mar de papeles de diversos tamaños, recibos, facturas, notas, a veces escritas en una simple servilleta; inspeccionar comprobantes arrugados, cuando no mojados o manchados de grasa, resguardos, papeletas, boletos, en ocasiones desvaídos... Gastos varios, en fin, que los empleados me iban soltando sobre la mesa según los iban sacando del bolsillo, sin el menor orden, ni siquiera por tamaño, cuanto menos cronológico o de mayor a menor cantidad.

Al cabo de tres años en aquel puesto, y gracias a los méritos contraídos, se me permitió salir a desayunar. Coincidí en la cafetería con un compañero, adscrito como yo a contabilidad, situado un par de mesas más allá de la mía. Le conocía de verle, igual que yo, sumergido en un amasijo de papeles, entre los que buceaba con la mano izquierda mientras con la derecha iba apuntando cifras en un cuaderno. Nos pedimos un café y le expresé mi opinión de que, quizás, mi progresión en la empresa estaba siendo un tanto lenta.

–Ten paciencia, muchacho. En el trabajo, como en todo en la vida, el que resiste gana. Lo importante es estar preparado para cuando se presente la oportunidad. Fíjate en mí –el compañero sacó, mientras hablaba, un par de cápsulas de una cajita y se las tragó con un buchito de café–; entré aquí como un don nadie y para el año que viene me han prometido ascenderme a subayudante, nivel 2, y quitarme de debajo del chorro de aire acondicionado. Durante todos estos años he mantenido la cabeza fría y ahora ha llegado la hora de recoger los frutos.

A mí, pese a los buenos consejos del compañero, me hervía la sangre y no veía el momento de comenzar a ascender por la escala administrativa hasta quién sabe cuál sería mi techo. Desde siempre había leído, en los reportajes sobre triunfadores empresariales, sobre *self-made men*, que éstos habían medrado vertiginosamente gracias a su tremenda capacidad de trabajo, desde luego, pero más que esto gracias a su iniciativa, a su audacia, a su energía, a su ambición transformada en impulso creativo. Eso me propuse, pues: tener audacia, y arrojo, y dinamismo.

A la mañana siguiente llegué al trabajo y, en lugar de dirigirme a mi triste cubículo, di al botón del último piso en el ascensor y vine a desembocar en la planta noble del edificio, la de suelos de madera, sillones de cuero, hilo musical y un extenso mirador desde el que podía contemplarse toda la ciudad. Me dirigí, prácticamente a zancadas, hacia el despacho a cuya puerta una placa rezaba: «Sr. Ibarrola», y más abajo *«Danger».* Tras un sucinto golpe con los nudillos en la madera, sin esperar a obtener respuesta, entré en el cuarto y hallé al jefe sentado en el sillón con los ojos cerrados, sumido sin duda en la consideración de algún nuevo negocio.

–He tenido una idea –le dije, llevado por el ímpetu, sin darle tiempo a reaccionar–: ¡paraguas sin varillas! –y desplegué sobre la mesa, frente a él, un esquema en el que había estado trabajando toda la noche–. No tengo duda de que usted, señor Ibarrola, como todo ser humano, habrá sufrido alguna vez los inconvenientes de caminar bajo la lluvia. Una molestia que se incrementa por el hecho de que la gente, en tales ocasiones, acostumbra a desplegar sus paraguas sin miramiento alguno, y con ello acaba por resultar peor el remedio que la enfermedad. Digo esto porque, a la natural mojadura, el indefenso peatón une el riesgo de que un señor bajito venga a introducirle el extremo de su paraguas en un ojo; y suele ocurrir también, sobre todo en las calles estrechas, que del choque y trabazón de las varillas y enganches de los salientes en los edificios, muchas veces se forman tales tapones y montoneras que atascan todo el espacio aledaño y hay que esperar a que escampe para que pueda reanudarse la circulación. Para todo ello he encontrado el remedio: los paraguas sin varillas, flexibles, adaptables, idóneos para toda altura y contingencia.

Ibarrola me miraba fijamente. Muy fijamente.

–Tenga usted en cuenta, señor Ibarrola, que el paraguas, y su primo hermano, el parasol, son quizás los artilugios creados por el hombre que, yo creo, menos han evolucionado desde su invención. El paraguas, tal cual lo conocemos, en su concepto básico, se utilizaba ya en la Edad Media, en las antiguas Grecia y Roma; los constructores de las pirámides examinaban el curso de las obras aferrados a una sombrilla; e incluso estoy por decir que los hombres de Neandertal, cuando llovía, no dejaban de salir de sus grutas sin el correspondiente paraguas.

Ibarrola comenzó a levantarse de su asiento.

—Creo oportuno señalarle, asimismo, cómo los inventos más rentables desde el punto de vista económico: el bolígrafo, la fregona, los *post-it* o el chupa-chups, si se da cuenta, son todos inventos derivados de la vida cotidiana, de objetos comunes, y nacen a raíz de una idea tan nítida y tan práctica que asusta por su propia simplicidad.

Ibarrola se encontraba ya a un palmo de mi nariz.

—¿Quiere usted que hagamos una *brainstorm?* —le pregunté.

El señor Ibarrola me pidió, con moderada educación, que volviese a mis tareas.

Di entonces en pensar que, quizás, no tuviese yo el talento necesario para escalar a la cumbre según nos cuentan de los grandes triunfadores; en todo caso, de lo que estaba seguro era de tener empuje, fuerza, ganas, capacidad de trabajo, esas otras premisas con las que, según la mitología de nuestros tiempos, los hombres se hacen también a sí mismos. Me apliqué, pues, a la tarea de trabajar con todas mis ganas, y poner los cinco sentidos en lo que hacía. Desde esa misma tarde, me propuse contemplar lo que hasta allí me había parecido una labor monótona, insulsa y frustrante como una oportunidad para hacerme valer. Comencé a revisar con furia los justificantes, a cotejar los resguardos, a examinar casi con lupa los recibos, a mirar incluso al trasluz las facturas de taxis y restaurantes...

Apenas una semana después de mi primera irrupción, y con parecido brío, volví a introducirme en el despacho de Ibarrola.

—Observe usted esto —le dije, mientras arrojaba un montón de papeles sobre la mesa—. He advertido un comportamiento, cuando menos sospechoso, en el señor Molina, nuestro encargado de negociar contratos de obra pública. Yo solo, sin ayuda de nadie, dejándome los ojos en un mar de papeles, quemándome las pestañas, que fue digno de ver, he descubierto que... Pero mire: el día diecisiete de octubre, por ejemplo. Reunión con el concejal de urbanismo. Doscientas mil pesetas en concepto de desayuno. ¿Qué desayuno, me puede usted decir, cuesta doscientas mil pesetas? Y aquí tengo otra factura del señor Molina: cena con delegados sindicales. ¡Medio millón de pesetas! La factura está expendida por «Club Momentos». ¿Lo conoce usted? Porque yo no lo he encontrado en la guía de restaurantes, y para que dé cenas por medio millón de pesetas ya tiene que ser un local de importancia.

Ibarrola me miraba con un cierto temblor en su labio inferior, producto, sin duda, de la impresión que le habían causado mis revelaciones. Y es que ahí era nada, lo del señor Molina: tal derroche de dinero, todo ese capital gastado en cenas y agasajos a un cargo electo y a los representantes de los trabajadores, en un establecimiento cuyo nombre, dicho sea de paso, tenía ciertas reminiscencias a putiferio... No es de extrañar que, sin que hubiera acabado todavía de explicarle mis pesquisas, ya Ibarrola estuviera pulsando el botón del interfono y ordenando a los de Seguridad que, con la mayor prisa, y las porras desenfundadas, se presentaran en su despacho. Buena le iba a caer al golfante de Molina...

Tratado sexto

En general, muy edificante

Una vez me vi fulminantemente despedido, y habiéndome realizado ya las primeras curas, me senté en un banco del paseo a reflexionar, tranquilamente, sobre lo que había ocurrido. Todo había sido por mi culpa, concluí, no cabía duda. Durante mi ocupación como contable, había incurrido en los pecados de soberbia, engreimiento, vanidad, envidia, codicia, arrogancia, soberbia –éste ya lo he dicho–, insolencia, altanería, ambición, murmuración, indiscreción... Lógico era, en resumen, que me viera castigado de aquella forma. Yo ya empezaba a dudar, la verdad, de un sistema de valores tal que, al más pequeño desliz, me cubría de tan abundante ristra de pecados, y eso porque me dio pereza –otro a añadir a la lista– seguir recapacitando. Pese a todo, consideré que había llegado el momento de hacer una cura de humildad.

Quiso la suerte que, justo enfrente de donde me sentaba, se estuviera en aquellos días levantando un edificio y que un cartel junto a la entrada solicitase personal. Me acerqué a la obra y pedí hablar con el capataz, o con su segundo, o con su tercero, o con el encargado de barrer, dije, por dar las mayores muestras de dicha humildad. Comoquiera que fuese, al final salió a recibirme un señor con un casco en la cabeza y una carpeta de folios en la mano; apuntó en uno de ellos mi nombre –«Pepe Gómez», mentí– y la categoría: «peón no especializado».

–Mejor ponga usted ahí «desecho de peón» –le dije, para que se hiciera cargo de mi humildad.

Apuntado todo esto, me citó para el día siguiente bien temprano.

No desvelaré en qué calle se estaba levantando el edificio, ni siquiera en qué barrio, ni aun en qué ciudad, por lo que luego verá Su Excelencia en mi relato.

Al día siguiente, a la hora indicada –quince minutos antes, en realidad–, me presenté en la obra enardecido por el deseo de triunfar en el mundo del trabajo desde la más completa humildad. Por ello, no vi con malos ojos el que se me pusiera a descargar ladrillos, arrastrar maderos, dar vueltas a la mezcla, incluso me plació ser el encargado de tareas tales como retirar escombros o desatascar desagües. Yo, firme en la idea de prosperar *ab initio*, no le hacía ascos a ningún mandado, sino que antes bien me ofrecía a ellos con la mayor diligencia y humildad.

Por humildad, desde luego, no habría de ser. Cuando me mandaban, por ejemplo, llevar ladrillos a unos oficiales, o me encargaban recoger tales o cuales herramientas, yo, una vez concluida la tarea, les preguntaba de este modo a los obreros, adoptando un tono servicial para el que me sirvió de ejemplo el antiguo mayordomo de La Berzosa:

–¿Desean alguna otra cosa?

Y los obreros me respondían:

–No, no deseamos ninguna otra cosa.

–¿Dan entonces su permiso para retirarme?

–Sí, sí, damos nuestro permiso; retírese usted.

Además de comportarme humildemente, yo ponía el máximo celo en aprender cuanto fuera posible del arte albañileresco. Para ello, unas veces preguntaba a los que estaban levantando un tabique, otros inquiría a quienes colocaban un suelo, y no dudaba muchas veces en meter la cabeza en pleno conciliábulo de aparejadores, para ver de lo que hablaban. A todo esto, llegaba el primero a la obra y me marchaba con mucha diferencia el último. De este modo, pronto me convertí en el asombro de los andamios, el pasmo del capataz y el éxtasis de los vejetes que, para entretener el tiempo, acudían diariamente a contemplar cómo avanzaban las obras.

—¡Pepe! —me aclamaban desde abajo, y yo respondía a sus ovaciones agitando en el aire un tubo berman.

En poco tiempo, los jubilados comenzaron a aglomerarse y se disputaban los primeros lugares junto a la valla para verme en acción.

Una tarde, después de la jornada, cuando estaba yo insistiéndole a un soldador para que se retrasara un poco en la salida y me enseñara los rudimentos de su oficio, llegó un peón a comunicarme que se me estaba aguardando en la caseta de obra. Allí, huelga decir, me personé al momento, y allí estaban esperándome, los citaré por orden de importancia: el constructor en persona, el mismísimo arquitecto, los aparejadores, el jefe de obra, el capataz y una representación de trabajadores muy nutrida. Todos muy serios, casi solemnes, lo que me alegró. Pues yo llevaba allí ya dos meses y aquél era, sin duda, el momento en que, por mis méritos contraídos y mi aplicación, se me iba a ascender. Ciertamente llevaba tiempo mordiéndome la impaciencia a este respecto, pero me refrenaba al considerar cómo, según me había demostrado mi reciente experiencia militar y mi más cercana experiencia contable, las prisas son fatales consejeras a la hora de pretender un mejor puesto. Así pues, me armaba de paciencia y de humildad y me animaba a soportar mi nula capacitación y mi situación precaria quince, o veinte, o treinta días más.

Pero aquella tarde, y a la vista de la grave e importante asamblea que se había montado, no dudé que había llegado para mí el momento del espaldarazo.

—Muchacho —comenzó a decir el constructor—, aquí tus compañeros me han pedido que convoque esta reunión para...

No pudo continuar porque sobre él se abalanzó un obrero.

—¡Mira, chaval, y usted perdone, patrón, pero creo que hablo en nombre de todos cuando digo que nos tienes revolucionados! Tan dispuesto te has mostrado siempre a la tarea, tan activo y tan poco refunfuñón que lo cierto es, así entre nosotros, que nos has colocado a los demás en muy mal sitio —unánime asentimiento de cabezas—. Porque vamos a ver, hombre: ¿no te das cuenta de que si no reclamas dinero por las horas extra nos dejas al resto en bragas cuando las vayamos a negociar?; ¿o que si curras como seis por el sueldo de uno estás desacreditando a tus compañeros y poniendo en peligro tu puesto de trabajo el día que ya no puedas trabajar con esa intensidad?; ¿o que, de satisfacerse tu curiosidad y aprender cuanto es posible del oficio, vas a romper la tradicional división en categorías?; ¿eh?

Interrogué con la mirada al constructor.

—Mucho me temo, chico, que la protesta es fundada y que no me convienen trabajadores tan espabilados. En primer lugar, porque me solivantan a los otros; en segundo, porque su competencia es contraproducente para mí, en el sentido de que me dejan sin excusas a la hora de disponer de ellos a mi antojo. Antes podía ordenar a uno que dejara de hacer tal labor y pasara a hacer otra, con el pretexto de que aquélla la estaba haciendo mal. Esta nueva tarea no es que la fuera a hacer mejor, pero en fin, algo haría. A la gente eficaz y experta, sin embargo, no la puedo ir llevando de un sitio a otro. Asimismo, me deja sin espaldas donde descargar lo tuerto del edificio. Antes podía achacar los fallos de construcción a la incompetencia del arquitecto, y éste derivarla en los aparejadores, y estos otros en los capataces, y así sucesivamente; pero en el momento en que todo el mundo cumpla, dime, chico, ¿a quién culpo yo?

Hubo un rumor de aprobación.

–Dicho en otras palabras: tu eficacia es mi ruina. Porque, de cundir tu ejemplo, imagínate: acabarían por hacerse los obreros con el control de la obra. Todo el mundo se me transformaría en experto, y de ahí en imprescindible, con el consiguiente trastorno para mí. Y no te hablo ya de la necesidad de revalorizarlos. Con lo cual, aunque finalmente tres me cundieran lo que veinte, esos tres me vendrían a salir, en total, por lo mismo. Y yo prefiero, en aras de mis negocios, y si quieres también por el bien de todos, disponer de una cuadrilla de gente poco cualificada, de sujetos remolones, pero ignorantes y maleables, que no de un equipo de expertos que me fuera a la mano. Porque, en último caso, mi negocio es hacer casas, no necesariamente hacerlas bien.

Y con este discurso del constructor, en algunos puntos muy aplaudido, entendí que se me invitaba a marcharme de la obra y no volver por allí.

Tratado séptimo

Donde se busca hacer justicia y, con este motivo,
nuestro protagonista tiene, por fin, la oportunidad
de desplegar todo su talento

De nuevo, pues, en el banco del paseo, quise recapacitar sobre si lo que en la obra me había ocurrido no estaría motivado por un exceso de humildad, por entender la modestia desde un fondo petulante y definitivamente pecaminoso. Quise recapacitar, digo, sobre tal cuestión, pero enseguida vi que estas lucubraciones me conducían a un baile de valores en que, como los círculos viciosos, no bien salía de un pecado para entrar en otro, y al intentar remediarlo volvía a caer en el de más allá. En vista de todo esto decidí, cual decía el clásico, darlo todo al demonio y me levanté del banco y comencé a pasear.

Todavía confuso, acerté en ésas a topar con el peón que había ido a conducirme a la asamblea, y que había asistido, mezclado entre el tumulto, a la tensa escena de mi despido. Era el caso que yo con este peón había entablado una no diré amistad, ni llegaré hasta camaradería, pero almorzábamos juntos a la hora del bocadillo, y a pachas –y si alguno de los dos andaba corto de dinero, a partes proporcionales– nos bebíamos un litro de cerveza. Se apellidaba Naharro, y más sublevado él que yo por mi despido, me ofreció su asesoramiento para llevar ante los tribunales laborales al viejo cerdo del constructor.

Aquí tengo por seguro que Su Eminentísima, no obstante todos sus *honoris causa*, se encontrará perdido en el relato, como de pronto trasladado a otra dimensión. ¿Qué hace aquí, se preguntará, un peón de albañil hablando de tribunales laborales? La culpa de esta desorientación, lo admito, sólo cabe achacármela a mí. Llevado del curso de mi historia, no he encontrado un hueco donde dejar caer que este Naharro era sindicalista, aunque no mucho. Quiero decir que su sindicato, el CASCO (Comisión Autónoma Sindical de Compañeros Obreros), no es que estuviera muy implantado en el sector. Junto con ello, y ya en el terreno particular, Naharro no gozaba precisamente de mucho crédito entre mis ex compañeros. Y no porque sus ideas, que eran las de su sindicato, se apartaran de lo común; ocurría tan sólo que Naharro carecía de la más mínima aptitud para la oratoria.

Digno es de olvidar, por ejemplo, aquel primer mitin que le oí propinar en la fábrica ***. Ni el ronco y prometedor inicio: «¡Compañeros!», ni el agitar de brazos en el aire, ni el sorteo de una radio entre los asistentes consiguió ocultar la insulsez y deshilvanación del discurso. Era Naharro tímido diciendo, indeciso recitando, y ni siquiera en los más socorridos párrafos, como eran aquellos en los que criticaba las escasas subvenciones que recibía su asociación, alcanzaba altura. Casi podía considerarse un éxito cuando los veinte o veinticinco obreros que componían su auditorio llegaban hasta el final sin disolverse.

Yo, que me había corroborado en su amistad y sentía ciertamente pena por él, me propuse en lo sucesivo ayudarle. Iba a ser su apoyo en la sombra. Pero no sólo me movían la lástima y la amistad: también me impulsaba el hecho de meterme en política, es decir, de inmiscuirme a cambiar el mundo de acuerdo a mis ideas. Iba a luchar, dicho sea en palabras sencillas, para que ganasen los buenos. O para que ganasen los malos, tanto me daba a mí; el caso era que ganase alguien, que el mundo tuviera cierta lógica y trabazón y unos determinados valores a los que atenerse, no que fuera el *totum revolutum* y «sálvese quien pueda» que yo había tenido que sufrir.

Me pareció lo primero e imprescindible dotar de enjundia a los gestos de Naharro, disponer de un estudiado repertorio de movimientos y asimismo de un amplio registro de tonos. Para ello recurrí a las claves que en la *Retórica* aristotélica se dan, y que yo recordaba de mi rancia educación con los curas; puede decirse que entre el viejo estagirita y yo formamos, en poco tiempo, una criatura nueva, a la que daba, en verdad, gusto ver. ¡Cómo se desenvolvía sobre las mesas!, ¡cómo movía los brazos en el aire!, ¡de qué manera embobaliconaba con su sola presencia a los oyentes! Aunque el discurso siguiera siendo igual de remanido y tópico.

Sobre éste recayó la segunda fase de mi plan: había que darle cuerpo.

Para ello hube de zambullirme hasta el fondo en sus ideas. ¡Ah, si me hubiera visto Su Excelentísima, o si me hubiera visto mi abuelo, leyendo uno detrás de otro libros de Marx, obras de Engels, escritos de Lenin o manifiestos de Trotsky! ¡Y, lo que es más, haciendo mías sus ideas, compartiendo sus argumentos, silabeando emocionado conceptos graves y nuevos como «proletariado», «materialismo», «clase trabajadora» o «lucha obrera»! ¡Ah, si me hubieran visto aplaudir la toma del Palacio de Invierno, trinar ante el asesinato de Rosa Luxemburgo o llorar amargamente la muerte del Che! Pero, en fin, ya entiendo que su tiempo es oro para ocuparlo en imaginaciones, por lo cual vuelvo al caso. Y el caso es que tomé tales mimbres y decidí aderezarlos con citas de san Agustín de Hipona, fragmentos de la *Apología contra los gentiles*, de Tertuliano, referencias a Papías de Hierápolis, Orígenes, san Ignacio de Antioquia o san Policarpo de Esmirna, entre otros Padres de la Iglesia, y algunas de las *«quaestiones quodlibetales»* de Duns Scoto.

Con todo ello mezclado en su justa medida, le fabriqué un discurso a Naharro que para sí lo quisieran muchos.

–Compañeros –aquí traigo un extracto de una de sus soflamas–, camaradas, una vez más los burgueses capitalistas, propietarios de los medios de producción, se muestran insolentes y enemigos de toda clase de disciplina, y no miran sino por el beneficio terrenal, sin reparar en el provecho de su espíritu. Llevan una existencia regalada e ignoran que un alma ociosa está aparejada para cualquier tentación. Entretanto a nosotros, el proletariado, la fuerza de trabajo que produce los bienes, nos están reservados, según la actual superestructura y por demoníaco maleficio, el sudor y la fatiga, las espinas y abrojos, sin que podamos nunca recoger la mies ni obtener el fruto de nuestras viñas. Todo ello se lo lleva la plusvalía...

Ya Naharro había ido experimentando mis innovaciones y remozos en pequeños mítines, en los que el público le ovacionaba, la audiencia crecía y todos, al final, por un extraño impulso, acababan dándose la paz. Con todo ello, se fue labrando cierta fama. Pero la prueba de fuego le iba a llegar en la XX Exposin, Feria Nacional del Sindicalismo, con las últimas novedades del sector. Allí Naharro tendría que hablar ante un auditorio de más de quince mil oyentes. El día de la intervención compartí su nerviosismo previo, pues a ninguno de los dos se nos escapaba que aquello era una especie de Rubicón, más adelante del cual brillaba el renombre para su sindicato, la mejora de las ayudas y, en fin, el dorado sueño de la liberación.

Comenzó el mitin. Los obreros, y los jefes a una distancia pactada, habían estado aguardando al tan cacareado nuevo valor con creciente expectación, lo que quiere decir que estaban dispuestos a reaccionar sumariamente, bien con ovaciones atronadoras, bien con feroces abucheos. Al principio, mi amigo titubeaba, sobreponiéndose a duras penas a la responsabilidad; luego, sin embargo, al hilo de las oraciones por mí construidas, se lanzó un tanto adelante y hubo un rumor general de aprobación. Él aprovechó tal circunstancia para caminar por terreno firme y desvelarle al auditorio verdades sabidas desde el principio de los tiempos, pero siempre agradables de oír, como que la pobreza es injusta o que el patrono se aprovecha del trabajo del obrero, lo que llenó la sala de aplausos... Pero Naharro no estiró la cuerda, de momento al menos, pues pudiera ser que la gente se asombrara de su propia reacción y, avergonzada quizás por haber caído en la demagogia, se le volviera en contra; antes bien, los volvió a sentar, los mareó con cifras, con pibes e ipecés, tanto que no había ser humano que le entendiera, con lo cual pareció a todos muy hondo y que había sobradas razones, no solamente emocionales, para aplaudirle...

¡Justo entonces, otra vez todos arriba con la justicia, la opresión, la lucha...!

−En verdad, en verdad te decimos −le animaba la gente, influenciada por el tono− que hablas magníficamente.

La sala era un clamor. Yo podía ver, desde el fondo, a través de la maraña de manos levantadas para aplaudir, a Naharro sonriente, como ido, arrebatado también él por el retumbar de sus palabras. Prosiguió con ellas, deleitándose. Tocaba entonces −me sabía su intervención de memoria− hacer una incursión por *La explicación del Símbolo*, de san Ambrosio de Milán, pero advertí que ocurría algo raro, insospechado. Naharro, en alas del triunfo, se estaba apartando del guión, estaba improvisando, y había comenzado una salvaje invectiva contra los ricos y los poderosos.

–¡Y hay algunos incluso –gritó– que se apropian de nuestra ideología y se permiten darnos consejos para, haciéndose pasar por nuestros iguales, relegarnos en nuestra propia lucha!

La multitud, al punto, le replicó, enfervorizada:

–¡Señálanos a alguno de ésos!

–No hace mucho conocí a un individuo que parecía afín a nuestra causa y decía compartir nuestras ideas políticas. ¡Hasta me estuvo dando consejos sobre tal o cual aspecto de nuestras reivindicaciones, y se tomó la libertad de remodelar nuestro discurso! Pues bien, escarbando un poco en este curioso personaje, haciendo una serie de indagaciones, camaradas, ¡he descubierto que no es sino un aristócrata, niño de papá y rico heredero!

Y, extendiendo con mucho aparato el brazo, dijo:

–Allí le tenéis, al fondo de la sala –y me señaló–. Id y él os dará fe de mis palabras. ¡Es nada menos que un Alzuera y Velascón!

Era digno, ciertamente, de admirar cómo mi amigo había adoptado el tono marcado por mí y con qué reflejos se conducía en el estrado.

Gané por los pelos la salida cuando ya alguna garra había rasgado mis pantalones. Luego, en la calle, hube de recorrer un buen trecho, perseguido por una vociferante turba, gracias a Dios de simples albañiles, que no de albañiles olímpicos, hasta un par de kilómetros lejos de allí, donde el último perseguidor, jadeando, se detuvo.

Y una vez visto esto y otras cosas que me callo, decidí dejar el mundo de la política.

Tratado octavo

En el que cuenta los pinitos que hizo en el difícil
mundo de las artes

Como Su Muy Egregísima comprenderá, después de tan frustrantes experiencias todos mis sentidos me empujaban a renegar del trabajo. Para más inri, yo todavía albergaba en mi interior un cierto anhelo de grandeza, un anhelo que, sin duda, a fuerza de pico y pala no llegaría a satisfacer jamás. Consideraba yo, en los días que siguieron al incidente del mitin, de qué manera y por qué medios podría abrirme paso hasta la cúspide, a ser posible en el menor plazo de tiempo. Desde que salí de la escuela, ése había sido mi legítimo deseo, pero estaba visto que la sociedad no se avenía con él, pues a través de ninguna de sus ideas, ni de las pasadas (heroicidad), ni de las presentes (trabajo), ni de las futuras (revolución), me había permitido prosperar. Así las cosas, era cuestión de plantearme si debía seguir por el camino más común y aceptado por los hombres, pero que a mí a ninguna parte me llevaba, o si, por el contrario, debía apartarme de él y, por lo tanto, de sus leyes.

Dicho en otras palabras: me convertí en un criminal.

Esta opción era, sin duda, la que más convenía a mis propósitos.

¡No se altere su Excelentísima ni haga tantos aspavientos! Para mí, desde luego, no tiene que guardar las apariencias; de sobra sé que Usía forma parte de algún que otro consejo de administración y que está familiarizado con el mundo del delito. Mejor será, pues, que se sosiegue, se siente y siga leyendo. Además, ya habrá notado Su Estupendísima, por lo que en estos siete capítulos me haya calado, que soy gente de paz. No contemplé, por tanto, ni los delitos violentos (como sería atracar un banco y pegarle un porrazo al guardia), ni los delitos sangrientos (como sería atracar un banco y pegarle un tiro al guardia), ni los delitos contra la salud pública (como sería atracar un banco y echarle el humo de un cigarrillo al guardia). No hablemos ya de violaciones, estupro u otras rijosidades.

Pretendía convertirme, por el contrario, en ese tipo de ladrón simpático, amable, amigo de sus amigos; un individuo de buenos instintos pero al que la vida, la sociedad y el destino han arrastrado hacia la senda del afane. Lo que se suele decir «un ladrón de ley». Luis Candelas, Robin Hood, Ronald Biggs. Sin embargo, para adoptar este género de sana y alegre mangancia advertía yo que era necesario un poco de práctica. Para todo en la vida, en general, hace falta práctica, cuanto más si uno es de vocación tardía. De igual modo, para todo oficio −en esto tenía razón Ibarrola− es necesario comenzar desde abajo, aprender los rudimentos y ejercitarse en lo básico antes de ir escalando posiciones poco a poco, camino de la cumbre.

Convencido de esto, decidí empezar por lo más elemental. Cierta tarde, con el mayor sigilo, me aposté a la puerta de un colegio y aguardé pacientemente a que fueran saliendo los alumnos. Una vez ya todos en la calle −gritos, carreras, peleas− reparé en un chaval de no más de ocho años que, apartado del bullicio, se dedicaba a lamer con fruición una piruleta. Me fui aproximando a él, disimuladamente. Quiso la suerte que, cuando apenas nos separaban un par de metros, el muchacho comenzara a andar; ello me dio ocasión de deslizarme, paralelo a él, por la acera de enfrente...

En un momento determinado, en que la calle parece estar desierta, aprovecho para abalanzarme sobre el chaval y agarrar su caramelo.

—Lo siento, chico —le digo—, pero la sociedad me ha obligado.

Mi plan era salir, acto seguido, por patas, pero cuando voy a practicar la primera zancada me encuentro, de pronto, trabado, impedido para andar, y poco después me veo rodando por el suelo. Alarmado, intento levantarme, pero me lo impide mi víctima, que con un grito se arroja sobre mí. Por dicho grito, por la postura, por el primer golpe que recibo en las costillas, no me cabe entonces duda: el muchacho está apuntado a kárate como actividad extraescolar. Y por el modo cómo se pasea luego por mi espinazo, deduzco que el angelito también recibe clases de claqué.

A todo aquello, a mis gritos y a los suyos, se congregan en torno de nosotros muchos de los compañeros del chaval. Yo les pido, les suplico, que por favor llamen a la policía para que me lleven detenido, pero la concurrencia de muchachos, lejos de ello y en lugar de intentar apaciguar a su compañero en un gesto de conmiseración, desenfundan de pronto sus teléfonos móviles y comienzan a fotografiar la somanta desde diversos ángulos…

Así estuvieron hasta que se les agotó la batería y su compañero se cansó de aporrearme; entonces se perdieron por las calles adyacentes, comentando lo ocurrido e inmersos en la contemplación de lo que habían grabado. Yo, a rastras, conseguí alejarme de allí.

Descartado el robo clásico después de esta experiencia, decidí elevar mis miras y dedicarme a un hurto menos populachero. Más selecto. Se sumaba a ello que yo, amén del botín, quería cosechar de mis actividades delictivas su aquel de celebridad y alimentar mi prurito de fama. Tras recapacitar sobre esto, finalmente opté por convertirme en ladrón de guante blanco, pues ya sabe Usía cómo este tipo de ladrones son no sólo admirados, sino incluso queridos por la sociedad, no van a acaparar Sus Eminentísimas todos los elogios. Para mayor concreción, me decanté por ser ladrón de obras de arte. Permítame que le bosqueje el cuadro: ropa negra, gorro negro, pies de gato, cuerda al hombro por la que trepar a los tejados, una punta de diamante para romper los cristales de las claraboyas, unos pequeños espejos para burlar los rayos infrarrojos...

Elegante, ¿no es verdad?

Elegí como primer objetivo –sin ensayos ni pruebas esta vez– el recién inaugurado por aquel entonces Museo de Arte Poscontemporáneo. Hube de trasladarme a las cercanías del edificio, a una pensión desde cuya ventana me dediqué durante largos meses a vigilar el movimiento, anotar los horarios, trazar un plano, situar los puntos de alarma... En fin, tampoco es éste el lugar donde dejar expuestas las claves para entrar y salir subrepticiamente del museo, aun cuando, por lo que luego vera Usía en mi relato, tal vez la propia dirección sea la primera interesada en ello.

Retornando a los hechos, el caso es que una noche determinada, a la hora prevista, consigo deslizarme en el interior del edificio y vengo a caer, curiosamente, en aquella sala que tanto debe al patrocinio de Su Exquisitísima. De dicha sala, no le negaré que un tanto al azar y a ojo de mediano cubero, tomo la pieza (o estatuilla, o composición, cargue Usía a mi cuenta el no encontrar la definición exacta) que, en aquel momento, me parece más valiosa y fácil de transportar. En su lugar, dejo cierto objeto que he elegido como patente de mis actuaciones, como señal, como firma y rúbrica de mis osados golpes: una pequeña figurilla de plástico que representa a un jefe sioux, con su penacho de plumas y todo. Pues ya le he dicho que no me mueve tanto el robo *per se* como pasar a los anales y a las leyendas del crimen.

Después de lo cual, me voy por el mismo agujero por el que he entrado y, de vuelta a la pensión, me dedico a aguardar pacientemente a que los periódicos den noticia del espectacular suceso.

¿Puede Usía creer que ni aquel día, ni al otro, ni en todo el mes se oyó por radio o por televisión, ni se pudo leer en la prensa referencia alguna al hecho? Y mire que había tenido cuidado de no llevarme, como se estará temiendo, una papelera, sino que se trataba de una esfera como de un metro de diámetro, ovalada por su parte inferior y agujereada en varios puntos de su superficie, además de rajada y rugosa en ciertas zonas. Se titulaba, por lo que alcancé a ver en la penumbra, *Positivamiento tres*, y era obra de un tal Reinhard ✳✳✳, artista que, si atendemos al lugar que ocupaba en la exposición, debía de ser celebérrimo.

Pero todo fue en balde. No hubo eco alguno.

Desesperado e intrigado a partes iguales, otro día, al cabo del mes, me decidí a volver al museo, pero esta vez entrando por la puerta, para averiguar en qué había estribado el fallo. Apenas traspasar el umbral, advertí cómo el grueso de los visitantes torcía y se encaminaba precisamente hacia aquella sala que Usía con su presencia honró y yo con la mía socavé. O sea, hacia el lugar del crimen. De hecho, cuanto más me iba acercando a dicha sala, más el público se iba espesando, hasta acabar por componer una nutrida y vocinglera riada donde había que emplearse a fuerza de codazos, pisotones, disputas...

—Pero ¿puede saberse qué diablos hay en esta sala que despierta tanta expectación? —le pregunté, con el hilo de voz que me permitían las apreturas, a un fornido estudiante tras cuya espalda me había guarecido.

–¿Cómo?, ¿no sabe? –y le asestó un mandoble a un individuo que pretendía progresar por su derecha, merced a lo cual pudimos avanzar un par de pasos–. ¡La obra cumbre de los noventa! ¡El acabose! ¡La bomba!

Cuando al fin conseguimos alcanzar el primer puesto del corro, contemplé, anonadado, cómo la gente poco menos que veneraba la composición *Pequeña figura de indio rodeada de un cordón policial*, obra, por supuesto, de aquel tal Reinhard ***, que nos miraba sonriente, satisfecho de su genio, desde un *affiche* colgado del techo.

Entonces lo comprendí todo.

Aquello representaba, con total nitidez, la sutil opresión a la que el individuo, como integrante de una sociedad, se ve sometido, y el estrecho campo de maniobras que le concede la ley, más allá del cual el sujeto pierde significación propia y se sumerge en un universo de referentes distintos.

Huelga decirle a Su Extraordinarísima que, víctima de la catarsis artística, puse en aquel mismo momento punto final a mi carrera delictiva. Como buenamente pude, que acabó siendo al peso, le vendí a un chatarrero el cuerpo del delito, el *Positivamiento tres* de los mil demonios, y luego, si Su Señoría no lo tiene a mal, me entregué al vicio y a la disipación.

Tratado noveno

Sigue en la misma línea y podrá verse a nuestro
protagonista en apurado trance

Con la misma necesidad y la misma rabia con que el salmón remonta la corriente, con que el castor construye sus diques, con que la grulla recorre cientos de kilómetros, así era como yo buscaba encumbrarme en alguna disciplina. Me movía a ello mi ambición natural, pero también tantísimas enseñanzas que nos presentan el triunfo como una aspiración ineludible.

Ya que, al parecer, ni dentro de las leyes sociales ni fuera de ellas me estaba dado cumplir mi deseo, opté por elevarme un grado e intentarlo *sobre* la sociedad esta vez. O, lo que es lo mismo, en ese terreno donde ni sus prejuicios ni sus melindres ni sus normas ni, en general, todo su hueco estruendo alcanza. En ese campo tan altísimo donde el hombre que lo consigue poblar se enfrenta, a un metro de distancia, con las estrellas, y algún día calmo acierta a oír en derredor el suave y acompasado fluctuar del cosmos.

En suma: determiné hacerme poeta.

¡Aguarde, aguarde Su Excelencia! ¡No me arroje aún a la voz de «esto es lo último que me faltaba por ver»! Repare, antes de nada, en que es Usía miembro numerario de tan pesada y grave institución como es la Academia, y para poder efectivamente repantingarse en su sillón J necesita que haya una tropa fatigosa, molesta e importuna dispuesta a sostenerlo. Así que, si no por gusto, sí por lo que le obliga el cargo, no debería mofarse Usía de mí. Y, por si acaso le sirve de consuelo, le anuncio que de aquí en adelante puede seguir tranquilamente con el relato, pues ya no quedan más sobresaltos como éste.

Volviendo a lo que íbamos: decidí hacerme poeta porque, en mi opinión, cumplía con los dos principales requisitos, cuales son: a) saber un idioma, en este caso el castellano (no obstante ya, por aquella época, alguna palabra descalabrase con las tildes); y b) estar vivo. Sume Usía a ello que se habían reducido casi hasta la nada mis ahorros de la época de albañil, que por lo tanto comía mal y vestía peor, andaba sucio y, a causa de la misma desnutrición, se me veía demacrado, me fallaba el riego y soltaba algunos disparates; sume, digo, y ya me contará si no estaba lo suficientemente capacitado para salir con bien de mi proyecto.

Decidido a él, tomé un día cuaderno y bolígrafo (papel y pluma, ya que se supone que nos vamos a emplear en clave lírica) y salí al campo. Una vez allí, sentado sobre una peña, escribí acerca del hombre, de su entidad y de su capacidad para, trascendiendo su propia contingencia, alcanzar una plenitud cien mil veces superior a la felicidad terrenal. Escribí también sobre las ocultas razones que mueven el mundo hasta dejarlas desgranadas; traduje a palabras sencillas, pero emotivas y hermosas, el adusto proceder de ese inclemente tirano que es el tiempo; y ya por último, como colofón, me inmiscuí en el corazón del hombre hasta llegar al centro de él, a la tierna pulpa de la que irradian todos sus sentimientos.

—Esto es una bazofia —me dijo el editor.

Se extrañará, quizás, Su Eminentísima de la prontitud con que me agencié un editor, ¿verdad? Pues bien, no hay de qué extrañarse. ¿Acaso no he dejado antes caer que, a causa de mi pobreza, me movía entre lo más bajo y ruin del mundo, como si dijéramos chapoteaba en el arroyo?

Comprenderá entonces Usía cuán fácil me fue, en esas circunstancias, topar con un editor.

–Una linda bazofia, eso sí –puntualizó–. Muchacho, permíteme que te diga que has caído en el error de todo principiante, como es suponer que tus poesías han de estar dirigidas a todo el género humano, ¿no es así? Pues craso error. Las poesías han de estar dirigidas, todo lo más, al género lector, que es un género, por supuesto, más restringido, pero también antojadizo, maleducado, petulante y grosero a más no poder. Una chusma, vamos. No solamente con profundidad y no solamente con calidad vas a conseguir interesarles. Eso está muy visto. Lo que debes hacer con los lectores es cogerles de la pechera, levantarles de su asiento y pedirles su parecer: a ver, ¿qué consideras tú?, ¿esto es bueno o esto es malo? En suma, urgirles a opinar. Para ello, la mejor manera es entrar en confrontación con alguien, da igual que sea con otro escritor, con la crítica especializada, con las viejas glorias o con el mundo. El caso es que el lector oiga que hay jaleo y que, tarde o temprano, no pueda sustraerse a decir: «A ver, quietos todos, que voy a juzgar yo en esta agria polémica». Y, llevado de su gusto literario, que, dicho sea de paso, viene a ser como el sentido común en las personas o el valor en los soldados, una mera suposición, dictaminará quién lleva y quién deja de llevar la razón en el conflicto. Pero eso ya no nos interesa: ten por seguro que, aunque mala de solemnidad tu obra, alguno habrá que la apriete contra su pecho con tal de distinguirse del común. Lo que importa es que el lector haya metido su cabeza en el corro.

Y prosiguió, para mayor aclaración.

–¿Has visto alguna vez jugar al trile? Pues lo mismo es: armar mucha bulla para que caigan como peras maduras los incautos. Y, desde luego, con estos poemas que me has traído, tan hondos, tan bonitos, tan emotivos, tan correctos, no vas a conseguir llamar la atención de nadie, porque no hay nada que discutir acerca de ellos. Son asquerosamente perfectos. Te calificarán con un sobresaliente y te dirán que no vuelvas a aparecer por aquí.

Como viera yo que, en este caso concreto, mi editor tenía razón, me propuse cumplir con su consejo. Enterado de que, por aquella época, había dos bandos poéticos en disputa, bajé un tanto el tono de mi lírica y compuse un sentido canto a la trucha que principiaba así:

> *Trucha que te desenvuelves*
> *en el agua transparente,*
> *aunque a veces baje turbia*
> *por lo guarra que es la gente...*

Por los cuales versos fui adscrito al que llamaban «grupo de la estulticia», que estaba en contraposición con otro al que denominaban «grupo del estrambote», uno de cuyos miembros, curiosamente, también había pergeñado una oda trucheril, que comenzaba de este modo:

> *Oh trucha, pez teleósteo,*
> *con el cuerpo fusiforme,*
> *abundas en muchos ríos:*
> *por citar uno, el río Tormes...*

Como puede verse, había notables diferencias en la forma, pero sobre todo en la calidad de ambos poemas. Su Ilustrísima juzgará, pero sin duda mi grupo era el que, de manera notoria, se llevaba la palma. Tan notoria que yo estaba dispuesto a defenderlo en cualquier congreso, reunión, simposio o conferencia donde me soltasen, a pistola o a sable si se terciaba, y para regocijo de mi editor. De este modo, se fueron encrespando los ánimos poéticos y ambos grupos fuimos ocupando nuestra respectivas posiciones de cara a un enfrentamiento inminente. Inminente, sí; en el aire flotaba la tensión. Cuando, acaso, los poetas de un grupo y otro nos encontrábamos en un acto social, nos mirábamos desafiantes, nos enseñábamos los dientes, llegábamos a proferir algún gruñido.

Esto sucedía con los del otro grupo, con los «estrambóticos»; con los míos, con los «estultos», me llevaba mejor. Aunque, si le soy sincero, esto sólo era en teoría. En la práctica, recuerdo cierta vez que me encontré con uno de mi cuerda en un ascensor. La cabina se cerró sin nadie más en el interior que nosotros dos y, como suele suceder en estos casos, nos estuvimos mirando un largo rato sin saber qué decirnos. Como es costumbre también, al cabo de varios segundos comenzamos a desgranar lugares comunes sobre el tiempo, ya sabe usted: la melancolía que produce su avance incontenible, adónde habrán ido a parar las glorias pasadas, *ubi sunt* los antiguos amores, *sic transit* el vigor del cuerpo… y así hasta llegar a nuestra planta, donde cada uno tiró hacia su respectivo lado con una extraña sensación de incomodidad.

El caso es que, desde los suplementos culturales de los periódicos, revistas literarias y crítica en general, se alimentaba esta disputa entre «estultos» y «estrambóticos» so pretexto de que podía actuar como un revitalizante para la lírica. Pero en vista de que, en nuestro afán de imponernos una corriente sobre la otra, estábamos produciendo cantidades ingentes de poesía, y en vista de que nos tirábamos a la cabeza auténticos mamotretos con tal saña que pobrecito al que pillaran por medio, al poco tiempo se corrió la especie de que a aquello había que darle una solución definitiva.

Establecer, sin que hubiera lugar a dudas, un vencedor, y desde tal punto y hora callar el resto.

Convinimos en ello los contendientes, pues, entre otras cosas, ya sentíamos cómo el fragor de la rencilla abotargaba un tanto nuestro genio. El método establecido para determinar el ganador era lo que se dio en llamar un «combate poético», modalidad que, por lo que parece, se estilaba en los antiguos siglos. Las reglas del «combate» eran: elegido un representante por cada bando –por los «estultos» yo, que era el más feraz–, debía, en un tiempo determinado, y rimando a partir de una palabra dada, construir por turno versos alejandrinos de catorce sílabas hasta un total de cuatro, es decir, a lo cuaderna vía. La palabra había de ser medianamente rimable, y no, qué sé yo, «zeugma» o «síncope», y la rima debía ser en consonante perfecta. Una vez concluida la estrofa, se pasaba a otra palabra; así, hasta que alguno de los dos se trabucase o compusiera un verso manifiestamente absurdo. Entonces había perdido.

La sala donde iba a celebrarse la competición estaba abarrotada desde varias horas antes por partidarios de ambos bandos, representantes de los medios de comunicación, algún que otro famoso… La expectación era enorme. Al fin, saltamos al escenario mi rival y yo; una vez que hubo cesado el griterío y se hubieron leído las normas del duelo, comenzó el combate. Abrió el fuego la palabra «trono», extraída al azar de una urna donde se revoltijaban cientos y cientos de ellas, propuestas por los asistentes. En el sorteo previo le había tocado abrir a mi oponente, que dijo:

–Pretendo, de los poetas, ocupar aquí el trono,

YO: Antes querríamos verlo en total abandono,

ÉL: Que mis versos fueran luz, esplendor que le dono,

YO: Producto del boquete de la capa de ozono.

Menudearon los aplausos. La siguiente palabra en surgir fue «caminante». Y comenzaba yo:

–Oficio, y no pequeño, es el de caminante,
ÉL: Podrías adoptarlo desde este mismo instante,
YO: Obsesionado siempre con seguir adelante,
ÉL: Pues desde aquí parece que nunca lo bastante.

Habíamos elegido para el duelo el mester de clerecía porque, si en algo coincidíamos ambos bandos, era en denostar a la poesía que hasta la actualidad ha venido sin rimazón, sin orden, sin medida. Hablo de esa poesía que se extiende un verso cuatro y el siguiente cuarenta, y el de más allá es tan grande que se desfonda sobre el renglón de abajo, lo cual no nos parecía a ningún bando bien. Pero ¿a qué entretenernos? Solucionamos ambos con éxito, y con la calidad de que ha quedado constancia, las palabras «colega», «escombro», «huracán», «pitonisa», «labio», etcétera. Hasta que, transcurrida ya una hora larga de combate, el juez sacó de la urna la palabra «artilugio».

Nos miramos los dos por primera vez a los ojos. Ambos sabíamos lo que significaba eso. Gracias a las musas, era a mí a quien correspondía empezar.

–Aborrezco la máquina, prefiero el artilugio –dije con aplomo.

El otro, que ya se iba dando cuenta de la catástrofe que se le avecinaba, con voz algo temblorosa prosiguió:

–Pues allí la inocencia aún encuentra refugio.

Yo casi salté encima de su última palabra:

–Ya te advierto: no vayas a usar un subterfugio.

El verso era fatal, lo reconozco, pero es que, entre otras cosas, ¡ya no quedaban más! La palabra «artilugio» sólo acepta dos rimas. De sobra, creo yo, lo sabía también el público, pero aun así mi contrincante siguió firme en su puesto, resistiéndose a caer. Resistiéndose a ver cerradas las puertas de la inmortalidad. Tenía un minuto y medio de tiempo para... pero era imposible. El reloj comenzó a correr. El hombre dedicó unos someros segundos a pasear su vista por entre el público, más que en busca de ayuda en busca del pedazo de cabrón que había escrito la papeleta. Pero luego cerró los ojos y se puso a pensar con ferocidad. Encogido sobre sí mismo. Yo incluso podía oír cómo se le resquebrajaban las neuronas al volver atrás, sobre sus pasos, al principio de todo, frenar bruscamente y luego, a gran velocidad, pues quedaba ya poco menos del minuto, avanzar revolviendo todo cuanto había aprendido desde niño, sin dejar rincón por registrar. Sudaba a gruesos goterones, se iba poniendo azul, y sus manos, como garras, se aferraban al micrófono. El tiempo se le echaba encima. Quedaban apenas diez segundos. El juez, sonoramente, carraspeó. De pronto, mi rival abrió los ojos, miró hacia el infinito, hacia un punto por encima del sobrecogido público, y, como si fuera la aceptación de su derrota, comenzó a musitar:

–Juro a Dios... que te... mate...

Y al fin, aferrado con ambas manos al micrófono, con sus últimas fuerzas gritó:

–¡Que te haga un espergugio[*]!

La sala se convirtió en un clamor. Los vencedores aullaban de satisfacción, los de mi grupo escondían la cara entre las manos. Mientras tanto, mi rival había caído en el suelo, desmayado. Al punto empezó a soltar espuma por

---

[*] Espergugio: *acción de limpiar la vid de todos los tallos y vástagos que echa en tronco y madera, que no sean del año anterior, para que no chupen la savia a los que salen de las yemas del sarmiento nuevo, que son los fructíferos.*

la boca, a sufrir convulsiones, y sendos hilillos de sangre comenzaron a manar de sus oídos. Hubo de ser evacuado rápidamente en camilla; eso sí, a hombros de la multitud, que prorrumpía en vítores y aplausos a su paso. Yo, muy al contrario, abandoné la palestra entre el silencio general, de vez en cuando algún abucheo. El desprecio, en suma.

Una vez en la calle, y motivado por el estruendo de la ambulancia que se perdía en la noche transportando al otro, di en pensar: «¡Oh, Señor! –y este "Señor" no va por usted ahora, sino por el Altísimo–, ¡Oh, Señor, repito! ¿A cuántos de éstos no tendrás Tú esparcidos por el mundo que, por esa negra honrilla que llaman "entrar en las antologías", se mortifican y someten a las mayores privaciones?; ¿a cuántos que, por cuidar lo que de ellos se diga en el futuro, desperdician su vida?»

Y Su Ilustrísima no sé lo que pensará, pero a mí, desde aquel momento, comenzó a importarme un bledo la posteridad, la gloria, el inmortal Parnaso y toda esa monserga.

Tratado décimo

Donde se ultima su caída

Desterrado de la fama y de los grandes objetivos, ¿qué me quedaba entonces? Me senté a recapacitar: ¿estaba todo perdido? No, concluí, y enseguida se me levantó el ánimo. En absoluto. Todavía quedaba esa pulsión, según dicen, mágica, el maravilloso sentimiento que mueve el Sol y las otras estrellas, el principio universal entre los universales. Estoy hablando –me da vergüencita decirlo– del Amor; pero, si quiere Usía, rebaje la mayúscula. No hace falta, en efecto, elevarse hasta alturas siderales; hay, no me negará, un amor pequeño y cotidiano con el que la mayoría se basta y sobra para encontrar agradables sus días. De ese amor había, al parecer, para todo el mundo, y yo no quería ser menos.

Vivía yo, por aquel tiempo, en un barrio humildísimo donde todavía se tendía la ropa en las azoteas, en largas cordadas. Como buen poeta que había sido, habitaba una buhardilla, y desde mi ventanuco podía ver a una joven, como de veinticinco años, que cada mañana acudía a la azotea de enfrente con un cesto rebosante de ropa húmeda; tras dejarlo sobre una silla, comenzaba luego a tender la colada, con movimientos plenos de sensualidad. Eran, por lo general, sábanas blancas que parecían brillar al sol y que, al ondear en amplio vuelo, expandían por el aire, hasta donde yo me encontraba, un delicioso aroma a lavanda y espliego. Ella sujetaba en todo momento, entre sus labios carnosos, la siguiente pinza; al elevar los brazos para disponer la ropa sobre la cuerda, su figura parecía desplegarse y, durante unos segundos, restallaba en juvenil y femenina grandeza. Era una imagen bucólica, entrañable, tan hermosa como el rostro de la joven que vislumbraba entre las telas: piel clara, ojos negros, pómulos suaves, mejillas llenas, mentón curvilíneo...

La figura de la mujer y la situación despertaban en mí un extraño sentimiento que me impedía conciliar el sueño. Todos mis pensamientos giraban en torno a aquella azotea, y el día que el caprichoso azar impedía a la mujer poner una lavadora era para mí un día perdido. En tales ocasiones, me acostaba triste y por la noche sentía que una extraña impaciencia me oprimía el pecho con una fuerza que nunca antes había sentido. ¿Era eso el famoso «pellizco»?

–Querido Piscis:

»No te quepa duda: estás enamorado. Ese aturdimiento general de que me hablas en tu carta, ese no tener ganas de comer, andar despistado, equivocarte de autobús, ese rubor que te sube a las mejillas cuando ella dirige la vista hacia tu ventana, todo eso son síntomas claros de la más deliciosa enfermedad. Mi consejo, querido Piscis, es que no intentes paliar esa fiebre y que te arrojes sin miedo a la dulce llama».

Eso me aconsejaron. Conforme oí la respuesta, tomé papel y bolígrafo y despaché otra carta. Días después, me respondieron así por la radio:

–Querido Piscis:

»Me comentas que bien, que te arrojas a la dulce llama, pero cómo. A esto sólo puedo contestarte que el amor es sutil, huidizo, etéreo; exige a la vez riesgo y prudencia, atención y descuido, tener los ojos bien abiertos, pero, al mismo tiempo, no renunciar a la capacidad de soñar.

Porque el amor es dar sin ofrecer, tomar sin anunciar, hablar sin decir, consumir sin gastar. Amigo Piscis, no lo dudes: escucha lo que te dice tu corazón».

Y esto me contestaron apenas unos días después:

–Amigo Piscis:

»Me pides que concrete más todavía, pero debes saber que no existe una fórmula infalible para triunfar en el amor, qué más quisiéramos todos. El consejo que te doy es que busques la oportunidad de aproximarte a tu amada y no descuides los pequeños detalles. Ten en cuenta que amar es encontrar en el interior de la otra persona aquello que tú mismo llevas dentro de ti».

Mi siguiente consulta al programa, la cuarta, no tuvo respuesta por antena. En su lugar, recibí a través del correo ordinario esta sucinta contestación:

Piscis, macho:

No hay nada más que especificar. Apáñate con lo que te he dicho y espabila como hace el resto.

Me retiré a pensar en lo que me habían aconsejado, en especial acerca de aquello de ser detallista y regalar a la amada. Tras un buen rato de cavilaciones, concluí que yo no sabía mucho, en realidad, sobre los gustos de Belinda, nombre con que había bautizado a mi beldad hasta conocer el verdadero. Sí sabía, sin embargo, a fuer de tópicos corteses, aquello con que la tradición obliga a obsequiar a la enamorada. Decidí empezar por lo más sencillo y recurrente, como es un ramo de flores. Con los pocos fondos que conservaba de mi época poetuna, compré en una floristería un ramo de mediano porte y, en el silencio de la noche, poco antes de que amaneciera, me colé en el edificio de enfrente, escalé a la azotea y dejé el ramo allí donde Belinda acostumbraba a tender. Entre los pétalos inserté una tarjeta. «De un admirador», decía, sin más explicaciones. Como también reza el tópico, es aconsejable cimentar el romance sobre un cierto misterio. Luego volví a mi buhardilla y esperé, expectante, con el corazón sobrecogido, a que mi enamorada saliera a tender.

Salió, efectivamente, a eso de las ocho y cuarto. Vio el ramo en el suelo, lo tomó, leyó la tarjeta, y su primera reacción fue mirar a todos lados, en busca del enigmático admirador. Como no viera a nadie en torno, quedó dudando durante unos segundos qué hacer con aquellas flores; al fin, se decidió por volver atrás, imagino que las bajaría a su casa y las metería en agua con una aspirina, y al cabo de unos minutos reapareció en la azotea y comenzó con su cotidiana labor de tender.

Al amanecer siguiente, me volví a deslizar en su azotea; en aquella ocasión, dejé sobre el lugar acostumbrado una caja de bombones y sobre ella una tarjeta similar a la de la otra vez: «De un admirador». Salió Belinda pasadas las ocho, como el día anterior, vio la caja de bombones en el suelo y, tras un rato de atisbar en torno, como no viese nada, entró en la casa, dejó, supongo yo, los bombones en la nevera para que no se derritiesen, y volvió a salir. Algo había variado, sin embargo, respecto a la mañana anterior; aquella vez, cuando retornó a sus tareas, creí observar que sus mejillas brillaban coloreadas por un leve arrebol.

Mi propósito era ir subiendo en la escala del cortejo, y el siguiente paso me conducía a las joyas. Yo, que en su día, como ya le he contado a Su Ilustrísima, quise ser un famoso atracador de museos, número uno de los ladrones elegantes, me vi entonces allanando, con nocturnidad y escalo, una vulgar joyería; y todo para robar de ella la primera pulsera que, nunca mejor dicho, encontré a mano.

Vaya en mi descargo que arramplé con la pulsera, sí, pero no toqué el resto de las alhajas que dormían en las vitrinas. «Fui ladrón por amor», tenía previsto decirle al juez si acaso me entoligaban; estaba convencido de que, ante aquella confesión y tan noble sentimiento, el fiscal, el juez, los abogados de la parte contraria, hasta los policías que custodian el banquillo de los acusados, me habrían de abrazar con lágrimas en los ojos y pedirme perdón por la captura.

Pero a lo que iba. Con mi pulsera en el bolsillo, me deslizo de nuevo en la azotea y, según estoy poniendo la joya, con su respectiva tarjeta, en el suelo –el alba entre los edificios, la ciudad aún callada–, hete aquí que de pronto un foco, encendido súbitamente y con gran potencia, me deslumbra, hete que una mano poderosa me toma la muñeca y me retuerce el brazo, y hete que de diversos puntos comienzan a gritar:

–¡Alto! ¡Policía!

–¡Al suelo, vamos! ¡Al suelo!

–¡Quieto o te vuelo la puta cabeza!

Y una figura de azul, sin dejar de encañonarme con una pistola, le grita nerviosamente a un *walkie-talkie*:

–¡Sospechoso en la azotea! ¡Repito, sospechoso en la azotea! ¡Manden refuerzos urgentemente a la posición dos!

Me habían tirado por el suelo y, mientras el de la pistola pedía más efectivos, una bota me aplastaba la cabeza. Atribuyo yo a esta presión de la suela sobre mi cráneo el que de lo sucedido a continuación guarde un recuerdo difuso, como si le hubiera ocurrido a otro y yo lo contemplase, encima, a través de una nube. Recuerdo, ya digo que con lagunas, que me bajaron de la azotea, me introdujeron en un furgón policial, recuerdo que a pleno rugir de sirenas me llevaron a una comisaría, me hicieron subir por unas escaleras y acabaron por arrojarme dentro de una sala, uno de cuyos frentes estaba ocupado por un enorme espejo. No hace falta haber visto muchas películas para entender que aquel espejo era, en realidad, falso, y al otro lado habría, pendientes de mis palabras, varios agentes e inspectores. Yo temía que me hubiesen detenido por el asalto a la joyería, e incluso por el robo anterior del *Positivamiento tres*, pero, para mi sorpresa, cuando al cabo de varios minutos se abrió la puerta del cuarto y entraron varios agentes de paisano, sus preguntas se centraron sobre las flores y los bombones que había dejado en la azotea para Belinda. Querían saber, en concreto, si había contado con algún cómplice, si alguien me había prestado apoyo económico para adquirir tales regalos, si formaba parte, en resumidas cuentas, de una banda. Lo negué todo y pasaron a interesarse entonces por mis antecedentes: ¿a cuántas otras mujeres antes que a Belinda había obsequiado?

—Hable claro —me dijo el que por sus ínfulas debía de ser el comisario.

No me detendré más sobre este escabroso episodio. Sólo diré que, tras varias horas de estar retenido, y merced a la buena labor de un abogado que me aconsejó declararme culpable de acoso en grado de tentativa, salí por fin a la calle pendiente de juicio y con la obligación de presentarme en comisaría todos los jueves. Volvía a mi casa un tanto atribulado por la sentencia cuando, al ir a abrir el portal, del edificio de enfrente surgió Belinda y con aire decidido se dirigió hacía mí.

—Así que eras tú el de las flores y los bombones —me dijo no bien acabó de cruzar la calle.

—Sí, señorita —respondí—. Lamento mucho todo lo sucedido y le pido mil disculpas.

–No hay de qué –. De pronto, y para mi sorpresa, su boca se estiró en una larga sonrisa–: ¿quieres que quedemos esta noche para tomar un café?

–No sé si debo –fue mi respuesta, mientras, por efecto de la timidez, bajaba la cabeza y quedaba mirando el suelo.

Convinimos finalmente en salir esa misma noche a una cafetería. Yo todavía estaba aturdido por mi reciente detención y por la desconsiderada forma en que me habían pisado la cabeza; en ese estado, no me embargó suficientemente todo este entusiasmo previo a la primera cita que dicen es uno de los momentos más hermosos de una relación. En su lugar, los analgésicos que tomé en abundancia para el dolor de cabeza me provocaron una especie de torpor, insensibilidad y hasta estolidez que me llevaron, entre otras cosas, a vestirme de forma inadecuada: así, el nudo de la pajarita no me lo pude hacer derecho, no encontré el modo de que el lirio que iba a llevar en la solapa del traje se mantuviera enhiesto, y los gemelos con que adorné los puños de mi camisa no guardaban entre sí la debida simetría. Todo este desaliño indumentario, impropio –ya lo sé– de un enamorado en su primera cita, fue sin duda la causa de que, cuando Belinda me vio aparecer en el portal, me mirara con un marcado gesto de extrañeza; digo más, de estupefacción.

Vestía ella una camiseta de una marca deportiva, pantalones de chándal algo amplios por los bajos, y zapatillas playeras de suela así de grande.

Le pedí disculpas por mi aspecto descuidado y le ofrecí mi brazo para que se apoyara en él. De este modo caminamos hacia la cafetería. Era el establecimiento al que me llevó un sitio extraño por demás, pues en lugar de la acostumbrada barra, mesas y sillas, lo que había eran muchas alfombras y tapices de motivos geométricos; había asimismo muchos cojines y pubs desparramados por el suelo; lámparas de numerosos brazos colgando del techo, y mesas taraceadas muy pequeñas y tan bajitas que uno caminaba entre ellas con riesgo de golpearse las espinillas. En el aire flotaba una melodía árabe. Después de sentarnos en el suelo, sobre sendos cojines –me adelanté para disponerle el suyo, como ordena la ceremonia–, pidió ella para los dos una tetera de té rojo; al parecer, era la especialidad del sitio.

No me entretendré en más detalles sobre el lugar. El caso fue que, al hilo del té, comenzó ella a hablarme de su vida; me contó que, efectivamente, tendía mucho, para ayudar a su madre, pero entre colada y colada estaba preparando unas oposiciones para la Fiscalía del Estado; además de ello, tenía como diversión jugar los domingos por la mañana en un equipo de baloncesto femenino, en el puesto de ala pívot; me dijo también que le gustaban la música y los ambientes *chill-out*, y me desveló, por último, que se llamaba María Jesús. «Chus», puntualizó. Yo, en aquel punto, quedé un tanto contrariado, porque tenía la ilusión –no en vano había sido poeta y, aunque escarmentado de la fama, todavía sentía cierto pundonor lírico– de algún día elevarme por medio del amor a las más altas cimas de la poesía, como en su día hicieran Dante por medio de Beatriz, Petrarca de Laura, Garcilaso de Isabel o Bécquer de Elisa. Elevarse, no obstante, a las cumbres poéticas a través de una amada de nombre Chus no parecía muy factible, así como tampoco crear por su medio una obra poética de categoría. No veía, en verdad, la oportunidad de una, por ejemplo, *Oda a una ala pívot* o de una *Endecha a una fiscala*.

Sumido estaba en estas preocupaciones cuando Chus me pidió que yo, a mi vez, le contara algo sobre mi vida. Y ciertamente estaba yo dispuesto a largar, si no la aventura entera que hasta aquí llevo contada, sí una parte significativa de ella, cuando ocurrió que, para adquirir fuerzas, tomé un pastelillo de un plato lleno de ellos que nos habían servido junto con el té. «Pastelillos árabes», había anunciado el camarero al depositarlos sobre la mesa. Tomé uno antes de hablar, me lo llevé a la boca con cierta golosinería y...

¡Nunca tal hiciera!

Porque estaba duro el pastel como una piedra, qué digo piedra, como una viga, y al instante de morderlo noté un crujido interior y no era otra cosa sino que se me había desencajado la mandíbula. Con los ojos muy abiertos y sin poder emitir palabra, mediante sonidos guturales, con la mano le hice seña al camarero de que acudiera a ayudarme. El hombre, que ya tenía experiencia en tales accidentes, me ayudó a recolocarme el maxilar, pero no sin que yo dejara de agitarme, diera alguna que otra patada, resoplara, gimiese y hasta soltara un taco; después de protagonizar, en fin, un montón de efusiones que tampoco quedan muy apropiadas para una primera cita.

El caso es que, dolorido como estaba, me fue imposible relatarle a Chus mi historia, ni siquiera el principio, y convinimos –yo por gestos– en que lo mejor sería volver a casa hasta que me encontrara mejor. De retorno, pues, a nuestros respectivos portales, una vez ya frente al suyo se me ocurrió, en un rapto de osadía, tomar a mi amada de la mano y depositar sobre su envés un ósculo, tan leve como me obligaban mis doloridas quijadas. Mucha libertad era ésa, ciertamente, para con una persona a quien apenas conoces; sin embargo, Chus respondió a mi desmesura con una sonrisa y dijo luego:

–Mis padres no están en casa.

Yo enseguida entendí por qué decía aquello: era, sin duda, lesivo para su reputación el que alguien pudiera vernos en tan comprometidas circunstancias: ¡a solas con un hombre frente a su casa, a sabiendas de que no están en ella sus progenitores! Cualquier vecino que nos viera podía hacer correr murmuraciones que menoscabaran su honor. Me hice cargo, pues, de sus preocupaciones, le pedí disculpas con un gesto, pues de otra forma no me podía expresar, y me retiré en silencio a mi portal.

Si me vieran, pensé entonces, mi padre, mi abuelo, los curas... e incluso tuve un pensamiento para Usía; si me vieran todos aquellos que tanto me habían encarecido las virtudes de la caballerosidad, ¡qué orgullosos se sentirían de mí!

A partir de aquella noche, comencé a ver a Chus con frecuencia. Aun no me había recuperado del todo de mi percance con la mandíbula, y nuestras conversaciones eran, en consecuencia, lacónicas. Solíamos ir al cine. Ya al día siguiente de nuestro primer té, fuimos a ver una película y, a mitad de ella, advierto con sorpresa que Chus se empieza a escorar hacia mi asiento hasta acabar, prácticamente, acurrucada contra mí. Era verano, no hacía frío, y yo atribuí este inexplicable proceder a que justo delante de su asiento se había sentado un espectador de generoso cráneo, el cual le impedía, quizás, ver la pantalla. A esto, y como corresponde a un caballero, le hice seña de que intercambiáramos nuestras localidades. Después de intercambiadas, y como había supuesto, Chus dejó de escorarse.

Era, por lo demás, mi enamorada una mujer en extremo pulcra, hasta obsesionada con la limpieza, diría yo; pocos días después de este incidente, y de nuevo en un cine, otra vez la película a medias, noto de pronto que su mano palpa por encima de mi pantalón y comienza en aquel sitio que está feo decir un movimiento como de frotación. ¿Con qué palabras podría describir a Su Excelencia mi perplejidad?

Enseguida entendí que si Chus hacía aquello era porque allí precisamente –también es casualidad– me habría visto a la luz del proyector restos de polvo, o de ceniza, o alguna mancha de café. Por librar a mi inocente Chus de la maledicencia, porque la pobre seguramente no había reparado en que si alguien nos veía podría llegar a pensar algo obsceno, le retiré la mano de aquel comprometedor lugar; después, saqué el pañuelo que llevaba en el bolsillo de mi traje, mojé una de sus puntas con la lengua y comencé a frotarme allí donde mi amada, tan observadora, seguramente habría advertido una mota de algo.

El colmo de la caballerosidad lo ejercí en cierta ocasión, hallándonos mi amada y yo en medio de un bosque, cada vez más metidos en la espesura y apartados de la civilización. «Yo no sé por qué te gusta venir a estos sitios», le decía a mi amada, con la mandíbula todavía dolorida. De pronto, Chus lanzó un pequeño grito: «¡Ah!» y dijo haber escuchado en las cercanías algo así como el rugido o el bramido de un animal salvaje. Le pedí que concretara: ¿bramido o rugido? Porque no era cuestión baladí, ciertamente, si acaso nos teníamos que enfrentar con una fiera. «No lo sé –dijo–, pero tengo miedo. Abrázame», me pidió. Yo hice entonces un llamamiento a la calma y le expliqué que mejor haríamos en marchar separados unos pasos; así, de ser efectivamente atacados por un animal salvaje, tendríamos más posibilidades de defendernos que si caminábamos juntos y apretados y hasta tropezándonos el uno con el otro. Era una táctica de defensa elemental ante una posible emboscada que había aprendido de mi abuelo. «Igual han sido figuraciones mías –dijo Chus. Y añadió:– Me voy a tumbar aquí a reponerme», y se tumbó en un claro entre la espesura donde el suelo, por la abundancia de hojarasca, se encontraba muy mullido y como a propósito para yacer. Insistía yo en que saliésemos del bosque, más que nada porque a mi buena amiga se le pasara el susto, pero ella insistía a su vez en tumbarse; aun más, en que la acompañara. Caballero yo, sin embargo, en toda hora, enemigo del descanso cuando se trata de defender a la amada, lejos de ello tomé un palo que por allí había y, asido a modo de garrote, me coloqué de guardia ante la espesura por si acaso efectivamente fuera a surgir de ella algún animal feroz.

–No te preocupes, querida. Conmigo estás segura.

–Martín, te repito que igual han sido figuraciones. Ven a descansar –insistía Chus.

Pero valiente caballero hubiera sido yo si no me muestro aguerrido en la defensa de mi amada. De guardia me planté, pues, con el garrote ante la espesura. «Tú tranquila, descansa cuanto quieras», le decía a Chus de cuando en cuando; y cada hora que pasaba, a que negárselo a Usía, me encontraba más ufano y más orgulloso de aparecer ante sus ojos como un verdadero paladín. Al final, acabó por anochecer. «Anda, vámonos», dijo Chus, mientras se sacudía la hojarasca que se le había quedado pegada a la ropa.

A todo esto, yo acostumbraba a subir todas las mañanas a la azotea donde por primera vez la vi. Me sentaba en un poyete que había allí cercano y contemplaba sus, ¿por qué no decirlo así?, evoluciones sobre la cuerda con un notorio arrobamiento. En el mayor silencio, para no interrumpir tamaña obra de arte. Al menos yo así la consideraba: «Eres poesía con aroma a jabón de Marsella», recuerdo que le dije en cierta ocasión. Nunca subía antes de las nueve, hora a la que llegaba la portera del inmueble; esto así porque me gustaba informar a la tal portera de que iba a subir, no fuera a ser que por cualquier razón se extendiera el rumor de mis visitas y, aunque yo no iba allí sino a observar y a extasiarme, alguien pensara mal y mis inocentes subidas acabaran resultando en detrimento de la honestidad de mi amada. Y si algo me fastidia, créame Usía, es el detrimento.

El caso es que una mañana, las nueve y cinco serían, según estoy subiendo para la azotea, oigo unos pasos que bajan con cierta celeridad, retumbando en los escalones de madera. Temiendo ser atropellado por quien desciende con tamaño estruendo, semejante a una manada de caballos, me echo a un lado y hete aquí que quien con tanta prisa baja es... el corazón me da un vuelco... ¡mi viejo amigo Pascual, antiguo compañero de la escuela! Pascual marcha, como siempre, mirando su reloj.

–Pero, Pascual, ¿cómo tú por aquí? –le pregunto–, ¿es que vives en este edificio?

–No... –responde– ...yo... la azotea...

Pascual siempre fue hombre de pocas palabras. Dicho esto, pretexta tener prisa y termina su descenso hacia la calle.

Una duda me asalta de repente. Subo corriendo los escalones que me faltan hasta la última planta. Abro la puerta de la azotea. Chus está tendiendo. La saludo, como siempre, con un «señora mía» y una rotunda inclinación de cabeza. Luego me acomodo en el poyete. Ella sigue a su tarea. Observo que lleva el pantalón algo torcido por la cintura, como si se lo hubiera acabado de recomponer a toda prisa. Observo también que, mientras tiende, silba una canción de moda. Creo observar que sus mejillas brillan coloreadas por un leve arrebol.

Tratado undécimo

A manera de epílogo

¿Será preciso que le detalle a Su Exclusivísima este último tramo de mi camino donde vengo a caer al pozo en que me encontró? ¿No preferiría, en aras de mis últimos restos de dignidad, que me excusara de tal trance con una larga y significativa elipsis? Pues yo bien lo preferiría y así lo haré, porque, qué coño, no para nada estoy en el más alto grado de la libertad humana, que es donde se encuentra aquel al que las cosas no le pueden ir peor y ya no tiene escalón alguno al que descender.

Entiendo que se asombrara Usía mucho cuando fue a cortar la cinta de la nueva estación de metro y allí me vio, con mi acordeón a cuestas, deseando que acabaran pronto las ceremonias para entrar a pedir. Seguramente me dirá que, en aquel momento, hubiera querido saludarme, pero el protocolo… en fin, y luego ya era tarde. ¿No es cierto? Pues bien, no se preocupe por esta cuestión, que yo ya me hago cargo de ella, le disculpo y, es más, me importa un bledo. Pero no quiero hacer por hoy más ejercicios de cinismo, y estoy cansado ya de escribir; por lo tanto, seré breve, además de que muy poco resta. Lo que tardo en darle una somera descripción del modo en que actualmente paso mis días.

¿Qué hago durante ellos? Lo primero, aunque pueda parecer una perogrullada, es despertar, más o menos a la hora que me place, si es que no me sacan del sueño los gritos y broncas y berridos y lloros del ruin vecindario entre medias del cual vivo, en un infecto habitáculo. Me lavo luego en la fuente y, andandíbiris con el acordeón a cuestas, llego hasta el metro. Allí, en el corro que, a la manera de sus hemiciclos, formamos los músicos, se me asigna un trayecto. Lo tomo y voy interpretando –o si le gusta más la expresión «ejecutar», voy ejecutando– una sempiterna pieza de vagón en vagón, mientras observo por el rabillo del ojo cómo los más viejos arquean las cejas cuando empiezo a recitar el consabido «somos siete hermanos, bueno, no, ya sólo seis»; o cómo los más jóvenes se sonríen cuando, en los meses de junio, julio y agosto, se me ocurre proclamar el clásico «vivimos debajo de un puente, pasando frío y calamidades». Todas las guasas que se quiera aparte, logro reunir para un par de cafés, comer, cenar en ocasiones; por suerte, no fumo, y aunque a la hora de beber a veces me excedo, pago sin demasiado ahogo la miserable estancia donde me recojo a dormir.

Lo único que, quizás, conservo de mi vida pasada es que la pieza que vagón tras vagón interpreto, y luego sigo interpretando en el siguiente tren, es –o pretende ser– «Cuentos de los bosques de Viena», aquel elegante vals que sonaba en el «baile de los debutantes», allá en los días de mi adolescencia. No pretenda buscarle significación alguna a la pieza; ocurre sólo que no me sé otra.

Ésta es, en fin, mi vida actual. Pobre, es cierto, pero sin sofocos, sin cargas, sin preocupaciones, en el más tranquilo y dorado valle de la pasión humana. *Aurea mediocritas*. Ya he entendido que la fortuna favorece a los indiferentes; que el mundo es, por lo general, mediocre, y que el objetivo de los mediocres es conducir al resto hacia la mediocridad.

No venga a buscarme por este barrio, pues podría resultarle peligroso.

Si en el futuro me ocurriera –que no creo– alguna cosa, ya se lo haré saber.

Firmado:
Martín de Alzuera y Velascón

ÍNDICE

Más información en
www.acvf.es

www.ingramcontent.com/pod-product-compliance
Lightning Source LLC
Chambersburg PA
CBHW050828180626
46814CB00004B/1520